L'Ennemie

DU MÊME AUTEUR

Le Malentendu, Fayard, « Les Œuvres libres », 1926.
Denoël, 2010. Gallimard, Folio.
L'Enfant génial, Fayard, « Les Œuvres libres », 1927.
Un enfant prodige, Gallimard, 1992.
L'Ennemie, Fayard, « Les Œuvres libres », 1928.
Le Bal, Fayard, « Les Œuvres libres », 1929.
Grasset, 1930. Les Cahiers rouges.
David Golder, Grasset, 1929. Les Cahiers rouges.
Le Livre de poche.
Les Mouches d'automne, Kra, 1931. Grasset, 1931.
Les Cahiers rouges.
L'Affaire Courilof, Grasset, 1933. Les Cahiers rouges.
Le Pion sur l'échiquier, Albin Michel, 1934 ; 2005.
Le Livre de poche.
Films parlés, NRF, 1934.
Le Vin de solitude, Albin Michel, 1935 ; 2004. Le Livre de poche.
Jézabel, Albin Michel, 1936 ; 2005. Le Livre de poche.
La Proie, Albin Michel, 1938 ; 2005. Le Livre de poche.
Deux, Albin Michel, 1939 ; 2014. Le Livre de poche.
Les Chiens et les Loups, Albin Michel, 1940 ; 2004.
Le Livre de poche.
La Vie de Tchekhov, Albin Michel, 1946 ; 2005.
Les Biens de ce monde, Albin Michel, 1947 ; 2005. Le Livre de poche.
Les Feux de l'automne, Albin Michel, 1957 ; 2014.
Le Livre de poche.
Dimanche, et autres nouvelles, Stock, 2000. Le Livre de poche.
Suite française, 2004, prix Renaudot. Gallimard, Folio.
Destinées, et autres nouvelles, Éditions Sables, 2004.
Le Maître des âmes, Denoël, 2005. Gallimard, Folio.
Chaleur du sang, Denoël, 2007. Gallimard, Folio.
Les Vierges, et autres nouvelles, Denoël, 2009. Gallimard, Folio.
La Symphonie de Paris, et autres histoires, Denoël, 2012.
Nonoche, dialogues comiques, Éditions Mouck, 2012.
Œuvres complètes, La Pochothèque, 2 tomes, 2011.

Irène Némirovsky

L'Ennemie

roman

Préface d'Olivier Philipponnat

DENOËL

En souvenir de notre grand-mère, Irène Némirovsky
Les enfants de Denise Epstein Dauplé
(Emmanuel, Nicolas et Irène)
et d'Élisabeth Gille (Fabrice et Marianne)

En pensant à maman, évidemment
Nicolas Dauplé

Préface

Histoire d'une résilience

Et qui sait si les fleurs nouvelles que je rêve
Trouveront dans ce sol lavé comme une grève
Le mystique aliment qui ferait leur vigueur ?

Charles BAUDELAIRE, « L'Ennemi »

Lorsque, en 2005, le manuscrit du *Vin de solitude*, son « autobiographie mal déguisée », fut retrouvé parmi d'autres dans les combles où il patientait depuis plus de soixante ans, l'énigme de l'enfance d'Irène Némirovsky promettait d'être en partie résolue. En partie seulement. Certes, l'écrivain s'y remémore avec force détails son histoire familiale et ce qui fut le principal ferment de son âme : une haine farouche envers sa mère, femme volage et suffisante. Mais des phrases entières résistaient au décryptage. Un mot, en particulier, se refusait. Que pouvait bien signifier : « Il faut, la nuit qui suit le *Nice*, bien marquer la souffrance et l'horreur d'Hélène[1] » ?

1. Le double romanesque d'Irène Némirovsky dans *Le Vin de solitude* (1935).

7

Nice, théâtre de ses premiers souvenirs d'enfance, revient souvent dans ce manuscrit, comme ailleurs dans son œuvre. Ville du carnaval, avec sa «guirlande de démons[1]», mais aussi pays de soleil et de fleurs, où l'héroïne de *L'Ennemie* rêve de vivre avec son père une idylle quasi incestueuse («Je t'aimerais tant, si tu savais, je te soignerai… mieux qu'elle…»). La suite du passage laissait toutefois peu de doutes : «Je me souviens seulement d'un malaise physique, la douleur dans le corps, la fièvre [...].» Irène Némirovsky rédigeait vite. Il n'est pas simple de la déchiffrer. Ses «N» ressemblaient à des «V». Ses «e», à des «l». Et ses «o», qu'elle n'avait pas toujours le temps de refermer, ont parfois l'air de «u» ou de «c». Il ne fallait donc pas lire *Nice*, mais *Viol*. Lorsque je l'appris à Denise Epstein, fille de la romancière, elle ne parut pas surprise, comme si le climat suicidaire du *Vin de solitude* l'avait de longtemps préparée à ce choc.

Un viol. Le mot ne figure dans aucun roman, aucune nouvelle d'Irène Némirovsky. Pas même dans *Suite française*, lorsque Bruno von Falk déchire les vêtements de Lucile, tandis qu'elle se débat en criant : «Jamais, non! non! jamais[2]!» Mais Lucile parvient à se soustraire à Bruno, qui n'insiste pas. Tandis que Gabri, dans *L'Ennemie*, est bel et bien victime des assauts du comte Nikitof : «C'était quelque chose d'horrible, d'innommable, de douloureux, comme un cauchemar…» À partir de cet épisode,

1. *Carnaval de Nice* (scénario, 1932).
2. *Suite française*, Denoël, 2015, p. 414.

amené comme une simple péripétie, un dégoût « pareil à une nausée » semble contaminer le roman. Dégoût de « l'antique adversaire, le mâle », que Gabri finit par retourner contre sa mère dont l'« odeur singulière », mélange de parfum maternel et d'*odor di femina*, l'écœurait dès les premières pages. Mais de quoi « petite mère » est-elle au juste responsable ? De n'avoir offert à sa fille d'autre modèle que celui d'une « cocotte », d'autre impératif que sa volonté de jouissance, d'autre amour qu'une répugnante camaraderie, d'autre éducation qu'une série d'injonctions entrecoupée de colères. Or, les reproches que Gabri finit par formuler sont mot pour mot ceux qu'Irène Némirovsky se souviendra d'avoir échangés avec sa propre mère : « Qu'est-ce qui est mal ? Qu'est-ce qui est bien ? On ne m'a jamais appris… »

L'Ennemie parut en juillet 1928 sous le pseudonyme de Pierre Nerey, anagramme d'Yrène, dans le mensuel littéraire *Les Œuvres libres*. Cette vengeance masquée traduit bien la volonté de la jeune romancière, à vingt-cinq ans, de gifler sa mère tout en l'épargnant. Et, pour déguiser la part intime de ce roman, elle le pare d'artifices plus ou moins voyants. Sept ans plus tard, ébauchant *Le Vin de solitude*, ce « roman presque autobiographique que l'on écrit toujours, fatalement, tôt ou tard[1] », elle qualifiera d'ailleurs *L'Ennemie* de « roman roman », notant pour elle-même : « Évidemment, il faut fondre les deux, l'artifice de *L'Ennemie*, et la vérité[2]. »

---

1. Lettre à Gaston Chérau, 11 février 1935.
2. Journal de travail du *Vin de solitude*, 1934.

Mais — et voilà bien le plus frappant —, même l'« artifice », dans ce roman, est significatif. Irène Némirovsky, par exemple, a affublé sa mère du prénom Francine, flattant son fantasme de passer pour une bourgeoise française, elle qui était née dans une famille juive d'Ukraine ; en revanche, elle n'a pas modifié le prénom de son mari, Léon Bragance, portrait craché de son père bien-aimé, Leonid Némirovsky.

Autre exemple : ce premier « cauchemar » qu'est la mort de Michette et la présence de son fantôme tout au long du roman. Irène Némirovsky était fille unique, mais justement, c'est l'un des reproches les plus amers qu'elle eût à faire à sa mère, doublé d'un soupçon : celui d'être née par accident, si ce n'est par adultère. Francine Bragance n'est pas seulement « égoïste et indifférente », elle détruit toute idée de bonheur familial, ici symbolisé par la « soupière fumante [1] ». La solitude est un des motifs les plus obsédants de *L'Ennemie* ; solitude de l'orpheline que s'imagine être Gabri, confinant à la délectation morose, mais aussi solitude de Francine, terrorisée de n'être qu'« une pauvre femme toute seule », solitude de Léon, résigné au cocuage, solitude de Charles, prisonnier d'un amour cannibale. Irène Némirovsky, qui a lu Proust et l'a relu, ne peut avoir oublié la phrase la plus courte de la *Recherche* : « Chaque personne est bien seule. »

---

1. Le leitmotiv de la « soupière fumante » ou de la « soupe longuement mijotée » apparaît dans *Le Malentendu* (1926, ch. 16), *David Golder* (1929, ch. 21), *La Comédie bourgeoise* (1932), *Le Vin de solitude*, (1935, III, ch. 5), *Les Chiens et les Loups* (1940, ch. 23), et sous d'autres formes dans plusieurs autres romans.

C'est un autre aphorisme qu'elle avait initialement prévu d'inscrire en épigraphe, une phrase d'Oscar Wilde, tirée du *Portrait de Dorian Gray* : « Les enfants commencent par aimer leurs parents ; plus tard, ils les jugent ; jamais ou presque ils ne leur pardonnent. » Solitude et acrimonie : les ingrédients de ce livre.

Pour qui s'est penché sur le foisonnant manuscrit du *Vin de solitude*, tout frémissant de souvenirs, *L'Ennemie* apparaît comme une première tentative de repousser le « ténébreux orage [1] » sous la menace duquel Irène Némirovsky vécut ses vingt premières années. Instructive, à cet égard, est la date du copyright : 1927. Elle indique que ce roman fut entrepris peu après son mariage, une fois conquises la distance, l'indépendance et la liberté nécessaires pour défier le dragon maternel. Le récit est d'ailleurs parsemé d'indices à l'attention de Fanny Némirovsky : l'appartement des Ternes pareil à une « gigantesque meringue », les leçons de piano, la gouvernante anglaise, les ongles que « petite mère » ne cesse de polir, etc. Autant de détails inchangés dans *Le Vin de solitude*, dont une phrase de *L'Ennemie* annonce déjà le motif central : « Elle semblait ivre d'un vin mystérieux [2]. »

Car voilà bien l'énigme. Le délaissement, la colère et le ressentiment procurent à Gabri une ivresse inexplicable. Si

---

1. « Ma jeunesse ne fut qu'un ténébreux orage » : premier vers du sonnet « L'Ennemi » de Baudelaire, qui donne son titre au roman. On remarquera, au passage, qu'il pleut beaucoup dans *L'Ennemie*.
2. Voir p. 74.

L'Ennemie n'était que le récit d'une révolte adolescente, il nous toucherait moins que les protagonistes du drame. Or, quelque chose d'impur dans le caractère naïf et pervers, vulnérable et agressif, dépressif et exalté de Gabri nous retient d'éprouver la «rage haineuse» qui l'anime. Vengeance et remords, haine et tendresse, orgueil et culpabilité s'arrachent son cœur. Le titre du roman lui-même est ambigu. De quelle «ennemie» est-il question: de Gabri ou de sa mère? C'est le nœud du psychodrame. La jeune héroïne est bien plus la rivale que l'adversaire de Francine. Elle emprunte ses chapeaux, imite ses façons et, pour finir, ses travers. Même sa vengeance prend la forme d'une «mimésis d'appropriation» qui eût comblé d'aise René Girard, car tout le roman peut être lu comme un cycle de violence mimétique qui s'achève par un authentique sacrifice humain. Dans *Le Bal* — «quintessence de *L'Ennemie*», de l'aveu d'Irène Némirovsky —, la jeune Antoinette trouvera moins de jouissance dans une vengeance cruelle que dans la pitié magnanime qu'autorise sa victoire. Mais Gabri est habitée par «une jalousie envieuse» et sans issue. Devenue malgré elle le double d'une mère honnie, n'est-elle pas responsable, aussi, de son propre sort? «Comment pourrais-je la juger? Est-ce que je ne lui ressemble pas?»

Si *L'Ennemie* illustre un principe, c'est que l'hérédité, cette glu dont Gabri ne parvient pas à se défaire, est une forme de complicité, au double sens du mot. D'emblée, Gabri est complice des infidélités de Francine. Complice de la mort accidentelle de Michette. Complice de son propre viol. Leur réconciliation inattendue, dans une indécente promiscuité, en marque le paroxysme. Seul un couteau pourrait désormais séparer la mère et la fille, la victime et l'ennemie. En le retournant contre elle-même, Gabri châtie l'odieuse complicité qu'une hérédité insurmontable avait fini par nouer. Elle ne fait qu'interrompre cette fatalité inscrite dans son sang — ce même sang dont les « mouvements obscurs », dans *Suite française*, feront de Lucile et Bruno des « ennemis malgré tout et pour toujours », captifs d'une hérédité qui les a fait naître Française et Allemand, bien plus que de la morale, de « la raison ni [du] cœur[1] »...

L'arme secrète de Gabri nous est connue dès le début du roman, mais il lui faudra plusieurs chapitres pour comprendre qu'elle en disposait. C'est son don d'observation. Rien n'échappe à ses yeux « mystérieusement dessillés » qui la font témoin, malgré elle, de tout ce qui l'entoure. Du nommable et de l'innommable. C'est plus fort qu'elle, Gabri voit tout[2]. « Les passants, les arbres, le ciel. » L'amant de sa mère. Là résident son pouvoir et sa malédiction. « Je sais, j'ai vu », ces quatre syllabes qu'elle se répète comme un mantra appellent irrésistiblement un « j'ai vaincu ». Orgueil « obscur et intense » de n'être plus dupe, mais aussi de juger les siens à distance, ce sentiment propre à l'adolescence de

---

1. *Suite française, op. cit.*, p. 414.
2. Ce même don d'observation vaudra à Irène Némirovsky d'être qualifiée de « romancière aux yeux ouverts » (J.-P. Maxence, *Gringoire*, 10 juin 1938). Aux critiques qui lui reprochaient les portraits outranciers de certains de ses personnages, notamment dans *David Golder*, elle répondait inlassablement : « Pourtant, c'est ainsi que je les ai vus. »

ne tenir de personne : « Comme ils me sont étrangers ! »
Mais, plutôt que de crier à Francine « ces mots qui la
brûlaient », Gabri, saisie d'une brusque intuition, les écrit
sans réfléchir. Geste moins innocent qu'il y paraît, aux
conséquences incalculables. Le bristol vengeur du comte
Nikitof, ouvrant à son tour les yeux de « petite mère »,
viendra confirmer qu'une explication verbale, fût-elle
hystérique, ne vaut pas une délation en bonne et due
forme. L'apparition de trois mots, *Mane, Thecel, Phares*,
interrompit le festin de Balthazar ; de même, il suffit à
Gabri de trois mots, « revenez à l'improviste », pour lever
l'impunité de sa mère. Elle connaissait les bienfaits de la
lecture, remède contre l'ennui et rempart contre la « vie
réelle » ; elle découvre le pouvoir dénonciateur de l'écriture, ce « pistolet chargé ».

Il est révélateur que, dans le mot qu'elle griffonne « d'une
haute écriture impersonnelle, soigneusement déguisée »,
Gabri, corbeau anonyme, se dissimule derrière le voussoie-
ment. Instinct de romancière ! D'abord voir, puis transpo-
ser. En ce sens, malgré les apparences, *L'Ennemie* est bien
un roman de formation. Il témoigne des premiers pas
d'un écrivain, au moment où lui sont révélés les pouvoirs du
regard et de l'écriture. Certes, Gabri ne sort pas victorieuse
du face-à-face qui l'oppose à son double. Et pourtant, ce
roman lui-même en fait foi, l'enfant humiliée deviendra
romancière. Son art l'extraira du cercle vicieux de l'hérédité.
L'Ennemie, lorsqu'il paraît en 1928, est bien ce « dangereux
chiffon » brandi à la face de Fanny Némirovsky, le miroir
déformant de ses péchés et de ses tares. Il est aussi le récit

caché d'une résilience, car c'est au fond de sa rancœur que Gabri trouvera le « mystique aliment » dont parle Baudelaire. Mieux encore, le caractère irrationnel et sauvage de sa rancune est le gage même de son salut, car rien n'égale un art dont la source jaillit sans retenue. C'était la leçon de *L'Enfant génial* (1927), c'est aussi celle, dans *L'Ennemie*, du chant tzigane « sauvage, sincère, spécial », comme de la « langue sauvage et douce » de Nikitof, sous le pouvoir desquels tombe Gabri instantanément. Or, de ces pulsions irraisonnées, l'adolescente n'est elle-même pas dépourvue...

Avec les années, Irène Némirovsky prendra conscience du caractère excessif de *L'Ennemie*. Le désespoir de Francine, après la mort de Michette, lui paraîtra « digne d'un cinquième acte de mélodrame ». Coïncidence éloquente, le roman voisine, dans *Les Œuvres libres*, avec *Le Venin* d'Henry Bernstein. La trivialité des répliques, le découpage en quatre actes et le dénouement pour le moins théâtral du roman justifient en effet que l'on ait souvent rapproché ces deux écrivains. Moins d'un an après *L'Ennemie*, en février 1929, paraîtra la première version du *Bal*, toujours sous le pseudonyme de Nerey destiné à tromper la vigilance des siens. Mais, cette fois, Irène Némirovsky parvient à transformer la tragédie de son enfance en une satire féroce et drolatique. La révolte d'Antoinette, dans cette longue nouvelle, n'évoque que trop celle de Gabri, dont la bonne nature se gâte d'une « petite âme violente ». Les deux fillettes partagent les mêmes « pensées secrètes, abominables », ressentent le même abandon, recherchent la même « satisfaction obscure, vengeresse ». Mais la revanche d'Antoinette est plus réfléchie. Elle suppose la mise en scène d'un véritable scénario et, par là même, la maîtrise de son propre destin. *Le Bal*, fruit d'un juste orgueil qu'Irène Némirovsky n'a jamais songé à cacher, marque une étape supplémentaire sur la voie de la résilience. Sa dernière scène est le négatif de celle de *L'Ennemie* : cette fois, la fille surplombe la mère effondrée et la console avec des accents de fausse pitié. Car Gabri et Antoinette ne sont, en fin de compte, que deux autoportraits d'une romancière à différents stades de son évolution. *L'Ennemie* nous la montre au moment où l'intuition d'être une artiste se fraie un chemin vers sa jeune conscience. L'instant n'est pas venu, mais il est proche, où elle saura manier son art sans se blesser, tel « entre ses mains un pistolet chargé »…

Olivier Philipponnat

PREMIÈRE PARTIE

1

Gabri et Michette Bragance, plantées au beau milieu de l'avenue du Bois de Boulogne, cherchaient leur mère parmi la foule. Mais l'avenue, par ce matin d'hiver limpide, glacial et plein de soleil, était noire de monde : les petites filles tournaient vainement la tête dans toutes les directions ; elles ne voyaient rien. Elles se remirent à marcher lentement vers la porte Dauphine.

Un peu de neige tombée pendant la nuit brillait encore le long des grilles et soulignait le pur dessin des grands arbres nus. L'air était vif et frais.

Gabri et Michette bousculaient les passants à grands coups de coude ; les femmes filaient sur leurs hauts talons, la jupe écourtée jusqu'au genou, la taille démesurément allongée selon la mode de ce mois de décembre 1919. De petits jeunes gens trop bien mis, serrés à s'étouffer dans leur pardessus à martingale, la tête découverte comme les adolescents anglais, mais le nez pincé de froid, marchaient par bandes, barrant le trottoir du large moulinet de leurs cannes. Quelques cavaliers traversaient l'avenue au galop ;

on les regardait avec une sorte de surprise. En revanche, les autos, plus soignées que des bêtes de luxe, sillonnaient la chaussée. Le tableau était pimpant, charmant, borné d'un côté par les arbres argentés du Bois et, de l'autre, par la masse trapue de l'Arc de triomphe, gris et rose dans le soleil.

À peine quelques ombres parmi toute cette clarté : des enfants en deuil, un soldat aveugle, un autre dans une petite voiture, des femmes qui se hâtaient ; leurs longs voiles de crêpe flottaient derrière elles. C'était déjà tout ce qui restait de la guerre.

Gabri et Michette — onze et six ans — ne daignaient rien voir. Tous les jours, après le cours, elles allaient attendre leur mère sur l'avenue, et c'était une corvée quotidienne qu'elles haïssaient autant que leur leçon de piano. Gabri, l'air maussade, se frayait un chemin à travers la foule à coups de coude pointus lancés sournoisement dans les côtes des promeneurs. Elle était en plein âge ingrat, grande, agile et maigre. Elle portait un manteau de drap vert qui la faisait paraître plus noiraude encore qu'elle ne l'était, une robe trop courte taillée dans une vieille jupe de sa mère, des chaussettes de laine laissant à découvert des genoux nus pleins de bosses et de bleus ; un béret de laine grise était enfoncé sur ses boucles courtes qui dansaient autour de son cou grêle. Elle n'était pas jolie, la figure menue, ponctuée de taches de son, la bouche trop grande, mais elle avait de beaux yeux verts, profonds et changeants.

Quant à Michette, elle ressemblait à leur mère ; elle était blanche et blonde, elle avait les jolis yeux bleus, le sourire câlin, impérieux de Francine Bragance. Elle se cramponnait d'une main à la manche de sa sœur et sautait à cloche-pied, s'évertuant à faire rouler un caillou du bout de sa bottine passablement usagée. Tout à coup elle s'arrêta et cria avec des rires :

— Petite mère, voilà petite mère !... Gab, je vois petite mère !...

— Ben quoi ? Moi aussi, je la vois. Et puis après ? grommela Gabri qui paraissait de fort méchante humeur.

Petite mère, en effet, venait vers elle. C'était une jolie femme, fine comme un bibelot : elle semblait être faite d'or et de blanc comme les poupées de Saxe ; sa chevelure, son regard, son sourire étincelaient ; ses dents surtout, éclatantes, luisaient, pures et acérées ; elle les montrait souvent d'ailleurs. Elle n'était pas seule — un long garçon dégingandé, très élégant, l'accompagnait.

Michette allait s'élancer vers le couple ; sa sœur la retint par l'épaule.

— Bouge pas, souffla-t-elle ; on n'a pas besoin de nous pour le moment, va !

Gabri savait qu'il n'était pas toujours opportun de venir se fourrer dans les jupes de petite mère, quand celle-ci s'en allait lentement sous les arbres, avec un monsieur inconnu. Mais, en voyant sa mère absorbée comme une chatte à qui on présente un bol de crème, elle s'avança sournoisement.

— Miche, va-t'en, va jouer, file, dit Gabri.

Michette, obéissante, s'éloigna. Alors la grande sœur se rapprocha tout doucement du couple, emboîta le pas derrière sa mère et se mit à écouter avec tranquillité.

Mais Francine ne voyait rien, ni Gabri qui l'espionnait avec une calme insolence, ni Michette qui déchirait ses mains et sa robe aux grillages qu'elle escaladait.

Francine flirtait.

L'heure du déjeuner, cependant, était depuis longtemps dépassée. Les promeneurs se faisaient de plus en plus rares. Des ouvriers qui venaient prendre l'air après leur repas flânaient, le dos rond. Puis, eux aussi ils s'en allèrent. Le soleil ruisselait sur l'avenue déserte. L'estomac des écolières, levées à sept heures, criait famine. Michette vint geindre en prenant la main de Gabri.

— J'ai faim…

— Moi aussi, répondit l'aînée, sombre.

Elles n'osaient pas troubler la conversation de leur mère ; elles en avaient très peur. Elles se contentaient de la surveiller de loin, avec anxiété. Mais la belle figure joyeuse ne se tournait même pas vers elles. Francine avait bu son chocolat à midi, pris deux portos tout à l'heure au Pavillon Dauphine ; elle n'avait pas faim et elle oubliait ses filles paisiblement.

— On n'va pas bientôt rentrer, dis ? pleurnicha Michette.

Gabri la bouscula.

— Tu m'embêtes… Si tu as faim, mange ton poing et garde l'autre pour demain… Tu vois bien qu'elle se fiche de nous, pas ?

Sur un banc une marchande de fleurs, une gamine déguenillée, déjeunait, son panier de violettes posé sur ses genoux, d'une pomme et d'un quignon de pain tout doré.

Les petites l'avaient aperçue. L'aînée se détourna ; la cadette poussa un gros soupir de convoitise qui fit rire la pauvresse.

Gabri lança à sa mère un coup d'œil presque haineux. Elle serra les poings et lui jeta, d'une voix profonde, une puérile injure :

— Sale égoïste, va…

2

Dès qu'une lueur d'intelligence s'était éveillée dans les yeux verts de Gabri, elle avait commencé à observer sa mère avec une malveillance innée et ce flair extraordinaire qu'ont les enfants pour dépister dans la vie de leurs parents le secret et l'anormal.

Jusqu'en 1914, son père avait été un petit employé dans un bureau de contentieux. Quelquefois, le dimanche, il menait sa fille chez des camarades, pères de famille comme lui. Jamais Mme Bragance ne les accompagnait.

Gabri voyait des intérieurs humbles mais brillants de propreté, des enfants décemment vêtus, groupés autour d'une soupière fumante qui sentait bon. La nappe était reprisée, les carreaux nets, les chaises bien astiquées.

À la maison, Gabri, avec des yeux mystérieusement dessillés, apercevait des taches sur le tapis, de la poussière sur les meubles, des rideaux déchirés, ses propres chaussettes trouées. Petite mère n'était pas encore devenue la jolie femme, habituée des dancings et du Bois qu'elle devait être plus tard. Elle était encore très jeune. Elle ne connaissait pas Paris. Ses souvenirs se bornaient au magasin de bonneterie où elle était née, à Melun. Mariée, elle partageait ses journées entre son piano, son polissoir et une tapisserie dont Gabri ne devait jamais voir la fin. Elle traînait par la maison, jusqu'au soir, en pantoufles, sans corset, en peignoir défraîchi, son beau visage toujours maussade, toujours tendu par une expression de dépit et de colère. Cette petite bourgeoise, qui avait lu trop de romans, était avide d'argent, de luxe ; elle reprochait à son mari de ne pas assez la choyer, la distraire ; elle pleurait des heures entières comme une enfant gâtée. Bragance soupirait et baissait le front sans rien dire. Quelquefois, cependant, il perdait patience et criait à son tour ; il lui reprochait son désordre, ses vains gaspillages, sa paresse, et leurs querelles réveillaient la petite Michette, en larmes dans son berceau.

Et puis ce fut la guerre. Bragance mobilisé partit. Tout à coup, Francine fut comme transformée. La guerre la jeta comme tant d'autres dans un bureau, puis dans une ambulance, dans un consulat ensuite. Elle connut des hommes comme elle n'en avait jamais vu. Jusque-là elle avait été honnête, par atavisme sans doute, par un reste de la vertu revêche de ses aïeules. Mais celle-ci ne la protégea pas longtemps. Elle était libre, ses parents morts. Pendant ses brèves permissions, son mari ne s'apercevait de rien ou feignait de ne rien voir ; ses enfants poussaient tout seuls. Bien vite, elle sut se farder, s'habiller. Elle devint belle, avec un air de paresse et de plaisir sur sa figure, toujours joyeuse à présent. En 1917, Bragance blessé, puis réformé, revint à Paris. Il n'y resta pas longtemps. On lui offrait en Pologne une bonne place. Il partit.

25

Sa femme continua à danser, à flirter. Elle n'avait pas l'envergure d'une grande courtisane. Elle aimait trop le plaisir, tous les plaisirs. Mais elle s'amusa infiniment. Gabri et Michette grandirent comme par le passé, au hasard. Et certes personne, en voyant passer, avenue du Bois, cette ravissante poupée dont les compagnons changeaient si souvent et ces gamines pâles, ne se fût douté qu'elles étaient parfaitement en règle avec la société, qu'elles avaient quelque part un mari et un père, et qu'elles formaient, si bizarre que cela pût paraître, quelque chose de semblable à une famille.

3

Les Bragance habitaient aux Ternes, un petit appartement au cinquième étage d'une vieille maison, dans une
vieille rue. Gabri aimait ce quartier plein de mouvement, de
bruit, où se mêlaient l'opulence et la misère, les belles maisons neuves, les vastes avenues bien éclairées et les ruelles
louches bordées d'antiques rampes de fer rouillé avec, de
place en place, le mot « Hôtel » qui s'éclairait discrètement
dès que venait le soir.

Le cours des petites filles était situé dans l'avenue de la
Grande-Armée, au-dessus d'un grand café. Ces demoiselles
— six à treize ans — savaient déjà minauder et lancer des
œillades en coin, en passant devant les consommateurs
assis sur la terrasse. Les élèves se divisaient en deux groupes
— les filles des commerçants du quartier, queues-de-rat et
sarraus noirs — et la progéniture des petites grues, robes
trop courtes, taillées dans un vieux peignoir de la maman,
et boucles.

Gabri apprenait à ânonner les dates de l'histoire de
France, un peu de géographie et d'arithmétique, Michette à

lire, et, toutes les deux, pendant les récréations, la manière dont les enfants viennent au monde, les refrains de *La Madelon* et quelques vilains mots.

Vers six heures, quand les petites filles sortaient du cours, elles flânaient longtemps le long des rues. Elles regardaient les boutiques, elles écoutaient les flonflons d'orchestre qui s'échappaient des restaurants, des cinémas, des bals populaires. Instinctivement, elles retardaient tant qu'elles pouvaient le retour à la maison, dans les trois petites pièces étroites, sans air ni lumière, où se mêlaient une odeur de graillon et les parfums violents de petite mère.

Petite mère n'était jamais chez elle. Elle déjeunait, s'habillait, sortait, revenait dîner quelquefois, se rhabillait, puis sortait de nouveau. Gabri l'entendait souvent rentrer tard dans la nuit, chantonnant doucement, tandis que, derrière elle, quelqu'un marchait avec précaution sur la pointe du pied.

Quand elle n'était pas là à l'heure des repas, Eugénie, la bonne à tout faire, faisait manger les petites ; elle jetait sur la nappe trouée et tachée de sauce le potage froid et les côtelettes brûlées, et elle répétait :

— Allons, dépêchez-vous un peu, voyons, sacrées lambines…

Et, sans desservir, elle partait aussitôt, comme madame.

Pourtant, quand il lui arrivait de rester à la maison, elle s'ingéniait à distraire Gabri et Michette. Elle leur apprenait des chansons sentimentales ou malpropres, elle leur contait les potins du quartier ; elle leur faisait entendre fort clairement que leur mère « était une pas grand-chose, qui trompait son mari avec tout un chacun, et les délaissait, que c'en était une honte et la fable de la maison». De tout cela, naturellement, Mme Bragance n'avait aucun soupçon.

Gabri se taisait, parce qu'elle ne perdait pas son temps, tandis qu'Eugénie traînait Dieu sait où ; elle faisait mille et une sottises, elle cuisait sur le fourneau d'innommables dînettes, elle lisait tous les romans qu'elle pouvait ramasser chez petite mère, elle polissonnait dans les rues avec les garçons de la concierge. Et Michette, qui adorait, craignait et révérait sa grande sœur, l'imitait en tout et ne soufflait mot.

Le jeu préféré des petites filles était encore de s'installer dans la chambre de petite mère et de fouiller méthodiquement tous ses tiroirs. Le jeudi, Gabri et Michette y demeuraient des heures entières. Elles ouvraient toutes les armoires ; elles se coiffaient des chapeaux de petite mère : ils paraissaient tellement bizarres, juchés au-dessus de leurs figures enfantines, des boucles dansantes de Gabri et des blonds cheveux plats de Michette, en frange. Elles jouaient avec les bijoux sans valeur que petite mère laissait sur sa table. Elles se fardaient, puis se contemplaient longuement dans la glace en tirant la langue. Elles ouvraient les sacs de petite mère, lisaient ses lettres, et certaines phrases faisaient rêver longtemps Gabri.

Un jour, elles étaient assises sur le lit de Mme Bragance. Gabri fumait un bout de cigarette raflé sur la coiffeuse. La fumée lui entrait dans les yeux et la faisait pleurer ; mais elle continuait, un peu par bravade, un peu parce que la saveur amère du tabac amusait déjà son goût.

Michette, assise également sur le lit, les jambes pendantes, se regardait ravie ; elle avait peint son petit visage rond avec de grosses taches de fard, malhabiles, violentes. Elle tirait Gabri par le bras.

— Regarde, regarde, pas que je ressemble à petite mère ? Pas que je lui ressemble ?

— F…-moi la paix, grogna Gabri.

Gabri adorait sa petite sœur, mais jamais sa tendresse ne se traduisait en caresses de langage, en câlineries. Elle la bousculait, la taquinait, la battait quelquefois. Seulement, avec l'argent de son goûter, elle achetait des bonbons à Michette ; elle la défendait à coups de poing et de griffes contre ses compagnes de cours. Elle ne savait même pas à quel point elle l'aimait.

Michette sauta à bas du lit et vint se planter devant l'armoire à glace. Puis elle enfila une robe de sa mère qui traînait, en riant aux éclats ; la robe, très décolletée, découvrait jusqu'à la taille son buste grêle d'enfant dans la chemise festonnée ; le bas de la robe ondulait à ses pieds et elle s'y embarrassait à chaque pas. Elle la releva d'une main et se mit à fureter dans tous les coins, en bavardant toute seule.

Gabri avait jeté sa cigarette ; elle restait étendue, froissant exprès de ses bottines maculées de boue le couvre-pieds de satin rose. Elle était triste, sans trop savoir pourquoi. Le jour gris d'hiver l'oppressait d'une lourde et indistincte mélancolie. Elle prit sur la table voisine un livre, orné de gravures licencieuses, et les examina d'un air froid ; ces choses, qui l'amusaient d'habitude, la dégoûtaient aujourd'hui.

Michette, cependant, accourut; ses yeux bleus brillaient de joie.

— Regarde, Gab!

Elle tenait à la main un chiffon de soie froissée.

— Regarde quelle chic robe pour ma poupée!

Gabri allongea les doigts avec condescendance.

— Fais voir.

C'était une chemise de petite mère, courte, en crêpe de Chine rose, ornée de dentelles à la place des seins. Gabri, silencieusement, la prit, la mania, la palpa. Elle était toute tiède encore, et souple, et froissée... Oh! froissée comme par une main impatiente, la même sans doute qui avait déchiré la dentelle et fait craquer l'épaulette de rubans... Et, de ce petit bout d'étoffe, une odeur singulière émanait qui rappelait le parfum familier de petite mère, mêlé à un autre plus secret, plus fort...

Michette voulut reprendre son nouveau joujou.

— Rends-la-moi, dis? Elle est à moi, dis?

Gabri, brusquement, jeta loin d'elle le lambeau de soie. Elle n'analysait pas bien ce qui la troublait ainsi. C'était un sentiment confus de honte et de colère. Soudain, la vue de Michette fardée, déguisée, lui fut intolérable.

— Allons-nous-en... On s'ennuie...

Elle voulut déshabiller Michette, mais la petite se débattait de toutes ses forces.

Gabri cria:

— Veux-tu une gifle?

Michette, interdite, se mit à pleurer; les larmes coulaient le long de son petit visage peint, délayant drôlement le fard.

Gabri, le cœur gonflé d'une tendresse et d'un désespoir indéfinissables, la laissait sangloter sans rien dire. Il n'y avait pas, dans son vocabulaire enfantin, de paroles assez subtiles, assez profondes pour exprimer ce qu'elle ressentait si bien. Tout à coup, d'un mouvement gauche, elle entoura le cou de sa sœur de ses deux bras. Michette, plus accoutumée aux taloches de Gabri qu'à ses caresses, se tut et renifla ses larmes d'un air étonné. Gabri, de ses doigts tachés d'encre, frôla doucement, timidement les cheveux de Michette.

— Pleure pas, va, grosse bête… Pleure pas ; moi, je t'aime bien…

La voix de Gabri s'enrouait d'une émotion qu'elle jugeait stupide. Mais Michette cessa de pleurer. Alors, détournant le front, gênée comme par un aveu d'amour, Gabrielle murmura très bas :

— Je t'aime, tu sais, Miche, comme si qu'on était orphelines, nous deux.

4

Gabri remontait en courant la rue d'Armaillé, sous l'averse qui cinglait ses maigres mollets nus. Elle filait droit comme une flèche, fonçant, tête baissée, sur les passants.

La pluie tombait dru et pressée ; sur l'asphalte, poli comme un sombre miroir, tremblaient en reflets les lumières des becs de gaz. Devant le kiosque de la marchande de journaux, Gabri s'arrêta ; des gouttes d'eau glacée lui giclaient dans le cou ; elle renifla l'air humide et tiède et dit tout haut : « Mince de flotte ! »

La marchande écarta un peu son petit rideau de toile cirée, se pencha et, reconnaissant Gabri, lui sourit.

— Et qu'est-ce que vous me prenez aujourd'hui, ma poulette ?

— *La Semaine de Suzette*, madame Béju.

Les petits doigts mouillés retirèrent avec peine un peu de menue monnaie du fond de la poche, et Mme Béju remarqua :

— Vous n'avez donc point de gants par ce temps ?

— Je les ai perdus, il y a longtemps, répondit Gabri avec insouciance.

— Et un parapluie ?

— J'en ai pas… J'en ai jamais eu…

Mme Béju, tout en détachant les illustrés fixés à l'étalage, demanda :

— La petite n'est pas avec vous ?

— Elle est enrhumée… Je ne l'ai pas laissée sortir, expliqua Gabri avec importance.

— Elle est à la maison, toute seule, comme ça ?

— Mais… non… pas toute seule… je ne pense pas… maman doit être là… et la bonne aussi, répliqua Gabri, avec une sorte de pudeur involontaire.

Mme Béju hocha la tête.

— Vot' maman, je l'ai bien aperçue qui s'en allait après le déjeuner. Mais ma foi, je ne l'ai point vue rentrer… Quant à la bonne, elle s'est défilée il y a belle lurette. À vot' place, moi je ne la laisserais pas la gosse comme ça, toute seule. Ça n'a guère de raison à cet âge, il faut toujours être après… ça invente des choses qu'on se demande où ça va les chercher…

Gabri se mit à rire.

— Quoi, elle n'est pas en sucre !

— Oh, moi, ce que j'en dis, vous savez…

— Allons, au revoir, madame Béju.

— Au revoir, ma pauv' mignonne…

Gabri repartit toujours courant. Sur le seuil de la maison, elle s'ébroua comme un chien mouillé ; puis elle entra ; l'escalier était sale, mal éclairé par un quinquet fumeux ; on entendait des pleurs d'enfant, des voix enrouées de femmes qui se querellaient, tout le vacarme triste et morne des maisons peuplées d'humbles ménages.

Gabrielle montait vite, enjambant les marches quatre à quatre, et elle sifflait comme un gamin des rues. Elle était heureuse à l'idée de rapporter à Michette le journal illustré, payé avec l'argent de son goûter. Elle atteignait le palier du quatrième, quand elle s'arrêta, brusquement figée. Elle venait d'entendre un cri… Oh, mais un cri atroce… les chiens écrasés hurlent comme cela… Elle ne comprenait pas encore ; mais son cœur semblait s'arrêter dans sa poitrine, puis des portes battirent. Des visages inquiets de femmes apparurent… Elle entendit quelqu'un crier :

— C'est chez la cocotte du cinquième.

Alors elle s'élança comme une folle, pénétra dans l'appartement. Les cris n'avaient presque plus rien d'humain, c'était une longue clameur continue, sauvage… Guidée par elle, Gabri se précipita dans la cuisine. Au moment où elle y entrait, les cris cessèrent. Sur le sol carrelé, Gabri vit la lessiveuse renversée qui fumait, et, tout à côté, Michette qui ne bougeait plus, mais frémissait encore comme un pauvre ver coupé en morceaux.

De ce qui suivit Gabri, plus tard, ne put jamais se souvenir autrement que d'un cauchemar, trouble, épouvantable, et irréel à force d'horreur. Ses cris affolés, l'appartement soudain plein de monde, des lamentations, des exclamations, un va-et-vient incessant… Deux choses seulement se détachent avec netteté dans tout cela. D'abord la figure blême de Michette qu'elle ne reconnaît pas, tellement elle est changée tout d'un coup, et puis cette question, toujours la même, que tout le monde répète, qui bourdonne autour d'elle :

— Votre maman ? Où est votre maman, ma pauvre petite ?

Elle a beau dire qu'elle ne sait pas, on s'acharne, on la presse et puis on hoche des figures apitoyées, et des femmes qu'elle ne connaît pas l'étouffent de baisers et l'empêchent d'entrer dans la chambre où le docteur examine Michette.

Enfin ils s'en vont tous. Elle se précipite vers cette porte fermée et veut l'ouvrir de force. Mais quelqu'un apparaît, le doigt sur les lèvres :

— Taisez-vous… La petite va bien mal…

Elle l'entend crier :

— Laissez-moi… Je veux la voir.

Et une voix d'homme qui répond :

— Laissez-la, ça vaut mieux… Elle ne criera plus, pauvre petite… Entrez, mon enfant.

Michette est couchée sur le lit, raide et immobile, le corps tout emmailloté de linges blancs. Gabri, vaguement, perçoit le docteur et la garde qui parlent à voix basse. Elle entend dans un chuchotement :

— Hôpital… non… inutile… c'est fini… une heure peut-être… c'est fini…

Et elle comprend tout à coup que sa petite sœur va mourir.

Elle demeurait debout devant le lit sans pleurer, hébétée. Le docteur s'en alla. La garde rangea des instruments qui traînaient, des cuvettes. Puis elle s'approcha de Gabri, lui toucha doucement l'épaule.

— Mon petit, vous avez bien des grands-parents, des cousins quelque part, hein ?

— Personne.

— Des amis ?

— Personne.

— Écoutez, dit la garde avec embarras, il ne faut pas rester ici.

Descendez chez la concierge. Votre maman va revenir. Ne restez pas ici. On n'a pas besoin de vous pour soigner votre petite sœur. Je suis là. Elle sera bien soignée. Elle guérira.

— Non, dit Gabri.

— Allez-vous-en, ma pauvre petite, vous ne pouvez rien faire, allez…

— Non.

Elle prit une chaise, la posa près du lit avec d'infinies précautions, et s'assit en disant :

— N'ayez pas peur… Je ne vais pas pleurer… Je ne dirai rien… Mais je veux la voir jusqu'à la fin. Je sais bien qu'elle va mourir…

Elle s'entendait parler comme du fond d'un rêve, d'une voix blanche, sans timbre. La garde la laissa et s'assit sans bruit dans un fauteuil. Un peu plus tard, la concierge entra sur la pointe du pied, mais le parquet criait sous le poids de son gros corps.

— On est allé chercher un prêtre, souffla-t-elle.

Elle ajouta :

— Personne ne sait où est votre mère… Si ça ne fait pas Dieu pitié. Elle va passer bientôt, pauvre petit ange ?

La garde chuchota :

— D'une minute à l'autre.

Elles baissèrent la voix davantage pour murmurer :

— Les pauvres petites…

Gabri, cependant, penchée sur le lit, semblait rivée du regard à cette étrange poupée de cire. Elle l'examinait avec une sorte d'atroce curiosité. C'était ça, Michette ? Michette, blonde et rose, un tourbillon de chair fraîche et de cheveux dorés ? C'était impossible, voyons, tout à fait impossible… Par moments, à moitié endormie, engourdie par une horrible fatigue, elle se disait : « Mais qu'est-ce que je fais là ? » Et puis le souvenir la frappait comme un coup de couteau. Alors elle répétait à voix basse, stupidement : « Elle va mourir, voilà : elle va mourir… On la mettra toute seule dans une grande boîte noire »… Elle tentait bien de se rappeler les leçons du catéchisme, mais elle avait beau faire, les visions des anges et du Paradis demeuraient lointaines et blêmes, tandis que ça, le cimetière, le fossoyeur, les cercueils d'enfants qu'elle avait vus, petits et noirs, comme une boîte à violon, c'était vrai, réel et proche à crier. Et puis elle recommençait à dire : « Non, ce n'est pas possible, c'est un rêve, je vais m'éveiller tout de suite, et Michette sera là, vivante, et rira. »

Cependant Michette agonisait.

Dans un coin, la concierge à genoux marmonnait des prières. On entendait clapoter doucement la pluie et les tramways qui passaient. Michette agonisait et le soir venait comme tous les soirs.

Tout à coup Michette fit un mouvement, un tressaillement léger parcourut le petit visage ; elle ouvrit les yeux ; ils errèrent un moment sur les objets, se fixèrent vaguement sur la fenêtre. Ses lèvres remuèrent avec effort, elle gémit, prononça quelques paroles indistinctes. Gabri, qui ne comprenait pas, se pencha jusqu'à frôler de ses joues les tempes de Michette, moites d'une horrible sueur glacée. Les yeux de la petite s'arrêtèrent sur Gabri, mais elle semblait ne pas la voir ; elle agita les lèvres et dit très bas, mais très nettement cette fois :

— Petite… mère…

Puis ses bras qu'elle avait soulevés un peu avec une peine infinie, retombèrent sur le drap comme ceux d'une poupée cassée. Et elle passa.

5

Le désespoir de Francine à la mort de Michette fut si fougueux que l'on craignit de la voir tomber gravement malade. Elle refusait de manger, de dormir, de sortir. Elle demeurait des heures entières écroulée au pied du petit lit vide, et elle pleurait sans cesse ; elle répétait : « Non, non, c'est trop injuste, c'est trop cruel » avec un accent de révolte et de colère. Elle paraissait accuser Dieu d'avoir inventé la mort tout exprès pour lui faire du mal, à elle, Francine Bragance. Cependant son chagrin força le pardon de tout le monde, de tout ce menu peuple de voisins, de concierges, humble et redoutable, grand dispensateur de lettres anonymes et de dangereux potins. On lui pardonna le scandale de sa rentrée, au petit jour, dans la maison funèbre, ses amants, sa beauté, l'abandon où l'avaient laissé ses filles, on oublia tout parce que sa douleur fut violente et bavarde.

Mais Gabri ne pardonna pas.

Gabri haïssait les sanglots bruyants de sa mère, sa voix perçante qui disait trop haut des choses sans simplicité, les larmes qu'elle reniflait par une longue habitude du « rimmel », qui brûle les yeux quand on pleure. Gabri avait une méfiance instinctive des peines qui s'étalent trop complaisamment. Et, avec toute l'intransigeance terrible de son âge, elle méconnaissait ce qu'il pouvait y avoir de sincère dans ce désespoir digne d'un cinquième acte de mélodrame. Elle le condamnait en bloc. Elle le jugeait faux, fabriqué exprès pour apitoyer les autres. Elle-même ne pleurait jamais. Mais tout le temps elle gardait dans son cœur l'image de Michette mourante, de ses petits bras tendus n'étreignant que le vide, et une rancune féroce, une espèce de haine abominable s'éveillaient en elle.

Un soir de mars pluvieux et tiède, elles étaient assises toutes les deux dans la salle à manger, devant la table desservie. On entendait la bonne qui allait et venait dans la cuisine en chantonnant tout bas. Mme Bragance, plus blanche et plus blonde encore dans ses vêtements de deuil, polissait ses ongles ; quand l'autobus passait dans la rue, les vitres tintaient avec un bruit de cristal fêlé.

Gabri, un livre ouvert devant elle, songeait, les yeux fixes et vagues. La mort de Michette avait transformé l'enfant joyeuse qu'elle avait été en une manière de petite vieille, désenchantée, silencieuse. Elle était encore en proie à cette demi-hallucination qui suit la mort de ceux qu'on aime, quand on les cherche encore en entrant dans la chambre où ils ont vécu. Est-ce que Michette n'allait pas entrer, et parler avec sa petite voix claire et fraîche, et sauter sur un pied, et rire en secouant ses boucles ? Non. Elle était morte. La pluie mouillait sa tombe solitaire… On sonna. La bonne, qui était allée ouvrir, revint, portant une dépêche.

Francine la prit, la déchira précipitamment ; elle contenait un bref message de Pologne : « Arrivons lundi. Baisers. Léon Bragance. »

— Ton père revient, dit Francine, sans enthousiasme.

Elle tournait et retournait entre ses doigts le mince papier bleu avec un air d'ennui.

Gabri jeta un coup d'œil sur la dépêche et demanda :

— Pourquoi « arrivons » ? Père ne vient donc pas seul ?

Francine expliqua :

— C'est de ton cousin qu'il s'agit, Charles Bragance… Mais tu le connais… Tu l'as vu pendant la guerre. Il est venu ici en permission une fois. Il était tout jeune encore… un gosse… Tu ne te rappelles pas ?

— Non. Est-ce qu'il va vivre à Paris ?

Je ne sais pas. Avant la guerre, il habitait quelque part en Provence, chez tes grands-parents, Gabri… Ils avaient une ferme, un « mas » comme on dit là-bas.

— Tu les connais ?

Francine avança les lèvres :

— Ils sont venus une fois à Paris. Des paysans, naturellement. Ils sont morts.

Gabri demanda encore :

— Pourquoi est-il en Pologne avec père ?

— L'année dernière il est allé le rejoindre, il avait dans l'idée qu'on faisait fortune là-bas ; ton père aussi le disait… Quelle blague ! Les voilà qui reviennent aussi pauvres sans doute qu'avant… Il va falloir encore trimer, tirer le diable par la queue… quelle misère!

Elle se tut et, sur son visage, Gabri reconnut la vieille expression de colère, de bouderie. Et pressentant ce qui suivrait immanquablement le retour du père — cris, scènes, disputes — et elle soupira, accablée.

Quelques jours plus tard, Francine et Gabri attendaient sur le quai de la gare du Nord le train de Pologne. Gabri tremblait de froid et d'une émotion pénible et bizarre. Un vent aigre et mouillé soufflait en tempête. Des lueurs pâles traversaient la nuit.

L'entrevue se passa le plus simplement du monde. Tandis que Francine cherchait des yeux, dans la foule, la silhouette de son mari, il surgit brusquement à côté d'elle. Il était petit, un peu voûté. Un grand garçon brun, très beau, le suivait. Gabri ne reconnut son père que lorsqu'elle le vit se pencher vers Francine et l'embrasser. Il la tint longuement serrée contre lui; puis il prit Gabri contre lui, baisa ses joues. Enfin, il l'éloigna un peu, regarda sa robe noire et soupira profondément sans rien dire. Gabri fut tellement remuée par son silence et par deux petites larmes qui brillaient dans ses yeux qu'elle lui prit furtivement la main et la baisa.

Mais déjà Léon Bragance s'occupait des billets, des bagages. Enfin il se tourna vers son cousin.

— Tu dînes à la maison, Charles?

Puis:

— Il va habiter avec nous quelques jours, Francine, et puis on verra. Il y a bien du nouveau, Francine, ma chérie, bien du nouveau! ajouta-t-il avec une expression joyeuse.

Dans le taxi qui les emportait vers la rue d'Armaillé, ils parlaient tous ensemble avec des voix gaies. Gabri les écoutait sans comprendre. Comment pouvait-on rire puisque Michette n'était plus là ?

Pendant le dîner elle put tout à son aise observer les voyageurs. Son père lui parut vieilli, mais avec une voix et des gestes assurés qu'elle ne lui connaissait pas. Quant à son cousin, c'était un Provençal de pure souche, mais de ceux qui ressemblent à de jeunes empereurs romains. Il en avait le masque glabre un peu gras, le grand nez droit, la bouche d'un dessin pur et hardi. Les yeux, surtout, étaient magnifiques, noirs, brillants et veloutés, ces yeux du Midi, si beaux qu'ils n'inspirent pas confiance.

Gabriel, immédiatement, le détesta. Il la taquina plusieurs fois ; elle lui répondit brusquement, avec une telle vivacité, une telle insolence, que sa mère cria :

— Vas-tu te taire, petite sotte ?

Elle se tut, le cœur gonflé d'une rage haineuse.

Cependant, les hommes parlaient à Francine, qui les écoutait bouche bée et les yeux brillants. Ils disaient comme ils avaient eu l'idée de profiter du change et d'acheter à bas prix des usines confisquées à des Allemands pendant la guerre. Des hommes d'affaires français avaient avancé les fonds nécessaires. À force d'énergie et de travail, ils avaient remis en état les usines à moitié détruites, embauché les ouvriers. À présent, le plus difficile était fait. L'entreprise allait prospérer. Francine écoutait et dans sa tête passaient des visions de robes coûteuses, de bijoux… Léon Bragance s'était levé. Il marchait de long en large dans l'étroite pièce, tête baissée.

Tout à coup Gabri le vit venir vers elle ; il entoura des deux mains le mince visage de sa fille, le caressa, et murmura comme pour lui-même, avec un orgueil intime et profond :

— Celle-ci sera riche.

Gabri, toute pâle, réfléchissait. Riche… Elle serait riche… Elle aurait de beaux livres, de belles robes… Elle voyagerait… Le cœur serré, elle pensait à Michette, qui aurait tant aimé, elle aussi, les bonbons, les joujoux compliqués qui coûtent cher. Pauvre petite Michette, elle n'avait connu de la vie que les mauvais jours… Et elle était oubliée, déjà… Elle répéta tout bas, avec un désespoir naïf et fougueux : « Sois tranquille, Michette, moi je ne t'oublierai pas… Je les déteste tous… Je sais bien que tu es morte par leur faute, à ces méchants, à ces sales égoïstes… Je ne l'oublierai jamais, va… »

Lorsque, calmée, elle leva les yeux qu'elle avait tenus baissés sur son rêve haineux, elle les vit tous de nouveau assis autour de leur café qui refroidissait.

Bragance triait un paquet de lettres ; Charles fumait, sans un mot, la tête renversée en arrière, et Francine, ses belles mains nues jointes sous son menton, chantonnait doucement, toute à ses rêves.

Mais Gabri vit que les yeux de Charles, ces beaux yeux dangereux, brillants, sombres et secrets comme une nuit italienne, ne quittaient pas Francine. Il ne bougeait pas, il ne parlait pas. Mais la femme, comme fascinée, baissait la tête, et son regard luisait provocant, inquiet, vite détourné. Puis, tout à coup, elle leva les cils brusquement comme si elle se déshabillait. L'éclair d'une seconde les yeux bleus, les yeux noirs s'affrontèrent, chargés de désir, de défi et d'une sorte de colère. Puis, ils se délièrent tout à fait, hypocrites.

DEUXIÈME PARTIE

1

Gabri se leva pour reconduire poliment Mlle Boyer jusqu'à la porte de la salle d'étude. Mlle Boyer, le professeur de piano, était une vieille fille à moustaches, vêtue hiver comme été d'un imperméable gris et d'un chapeau de velours plein de poussière, où tremblait une grappe de raisins artificiels.

Debout sur le seuil, elle égrenait le chapelet interminable des observations quotidiennes.

— Vous ne mettez pas assez d'expression dans votre jeu, mon enfant ; surtout vous ne travaillez pas assez. Je l'ai dit l'autre jour à madame votre mère. Mes élèves font toutes des progrès sensiblement plus rapides que les vôtres... C'est parce que vous ne travaillez pas suffisamment... Et puis votre jeu est sec... L'expression, mon enfant...

Elle le répéta plusieurs fois, peut-être afin de mieux en graver le sens dans la tête de l'écolière, qui l'écoutait les yeux vagues, peut-être pour retarder le plus possible le moment de s'en aller, de sortir de l'appartement tiède dans la rue pleine de l'ombre morne du crépuscule d'automne.

Tout de même elle finit par disparaître. Gabri ne s'impatientait pas : elle savait, avec une précoce philosophie, que tout a une fin, même les choses ennuyeuses. D'ailleurs, après le départ de Mlle Boyer, Fraulein viendrait, et, Fraulein partie, il faudrait écrire, sous la surveillance de miss Allan, une narration anglaise. À quoi bon hâter le temps qui coulait comme une grise et lente rivière, apportant avec une désespérante régularité les mêmes occupations haïssables, les mêmes distractions pires que les travaux, comme les vagues rejettent toujours les mêmes herbes sur le rivage ?

Gabri rangea son casier à musique. Puis elle s'assit, les mains sur ses genoux, bien sage, bien droite, dans une attitude contrainte de jeune fille en visite.

Il y avait trois ans que Gabri avait quitté la maison de la rue d'Armaillé. À présent, ses parents habitaient un bel appartement dans l'avenue d'Iéna. Charles vivait au rez-de-chaussée de la même maison. Comme cela, on était tout à fait en famille, et Charles pouvait prendre presque tous ses repas chez ses cousins. D'ailleurs, comme Léon Bragance passait six mois de l'année en Pologne pour surveiller ses usines, Charles, directeur du Conseil d'Administration de Paris, était devenu en quelque sorte le chef de la famille. Trois ans... Et la petite Gabri, qui avait traîné jusqu'à onze ans dans les rues de Paris, comme une gamine du peuple, était devenue une jeune personne bien élevée, parlant peu, levant rarement les paupières, vivant, entourée de livres et de professeurs, son étroite existence de petite fille riche.

Car elle était riche et elle savait à présent que la fortune, à quatorze ans, ne signifie pas seulement du confort, des jouets et des jolies robes, mais encore, mais surtout des leçons ennuyeuses, la tyrannie de l'institutrice qui ne vous quitte pas plus qu'un geôlier, une discipline de prison, les devoirs quotidiens que l'on parviendrait à aimer, rendus haïssables à force d'imbécile contrainte, des plaisirs idiots et l'affreuse monotonie des jours, ces limbes où l'on vous maintient, où l'on vous étouffe avec la meilleure volonté du monde... La mère de Gabri s'était mise trop tard à s'occuper d'elle pour ne pas le faire d'une manière exemplaire. Car, avec son auto et ses millions tout frais, il lui était venu aussi des principes. Elle oubliait de bonne foi la façon dont elle avait laissé pousser Gabri pendant onze ans ; elle répétait à présent à qui voulait l'entendre, la voix grave :

— Moi, je désapprouve absolument ces idées modernes sur l'éducation des enfants... Ma fille ne lira jamais un roman jusqu'à ce qu'elle soit mariée... Ma fille n'a pas d'amies ; il est si difficile à présent de trouver des fillettes vraiment bien élevées... Il vaut encore mieux les laisser grandir seules que s'exposer à les voir contaminées par le mauvais exemple... Non, ma fille ne sortira jamais seule jusqu'à son mariage.

De tout son cœur Gabri regrettait à présent sa première enfance, si misérable. Certes, le cours de l'avenue de la Grande-Armée était peu correct, et ses compagnes n'appartenaient pas « au monde », comme disait Mme Bragance ; mais du moins c'était des amies, des petites filles comme elle, et elle n'en connaissait plus une seule depuis qu'elle était riche. Le petit appartement de la rue d'Armaillé était bien triste, bien sombre, mais du moins il n'y avait pas tout le temps à côté d'elle, pendant son sommeil, ses repas, ses promenades, la longue figure de cheval de miss Allan. Elle regrettait surtout ses flâneries dans les rues, toute seule. Elle aimait à regarder les passants, les arbres, le ciel, en pensant à des tas de choses sans queue ni tête. Mais, dès que miss Allan la voyait songeuse, elle disait :

— À quoi pensez-vous donc ? Vous savez que votre mère désire que vous parliez anglais pendant vos promenades. Ne renversez pas la tête en arrière comme ça. Qu'est-ce que vous regardez donc ? Le ciel ? *Don't be silly, will you ?* Il y a des gens… Tenez-vous convenablement et marchez plus vite.

Par la porte entrouverte, Gabri la voyait, cette terrible miss Allan, qui écrivait sans incliner son buste roide. Elle portait une blouse à l'ancienne mode, au col empesé, haut comme un carcan ; un lorgnon chevauchait son nez. Elle ressemblait à une jument. Gabri la détestait. Mais qui donc Gabri ne détestait-elle pas ? Elle vivait dans un état de haine perpétuelle, rageuse et triste… Elle soupira, avança vers la cheminée ses pieds trop grands d'adolescente. Elle se laissait aller à une rêverie vague, sans joie mais non sans un certain charme mélancolique, quand un coup frappé à la porte la fit tressaillir.

Fraulein entra. Fraulein Singer, l'Alsacienne, avec son parapluie usé, son nez rougi par le froid, d'où sortaient des touffes de poils noirs, qui venait, trois fois par semaine, apprendre l'allemand à Gabri.

Car Gabri — la malheureuse — devenait une jeune fille parfaitement élevée et instruite. Sa mère pouvait dire d'elle, avec un petit air flatté et négligent :

— Oui, ma petite fille n'a pas quatorze ans, mais elle parle couramment l'anglais et l'allemand, et, ma foi, elle joue déjà très gentiment du piano, vous savez ?

Pour arriver à ce beau résultat, il en fallait passer des heures, courbée à la table de travail, tandis que dehors les chiens et les gosses des rues s'ébattaient de compagnie.

2

À sept heures et demie précises, miss Allan entra dans la salle d'étude.

— Lavez vos mains, commanda-t-elle.

Silencieusement, Gabrielle obéit. Puis elle brossa ses courtes boucles noires qui s'obstinaient à ne pas pousser, et elle changea de robe. C'étaient les rites quotidiens qui précédaient le dîner. Ensuite l'institutrice et l'élève s'assirent, l'une à droite, l'autre à gauche de la cheminée, et attendirent muettes.

M. et Mme Bragance étaient fort inexacts ; les heures de repas variaient tous les jours selon leurs affaires ou leurs plaisirs. Le chef de famille arrivait souvent après neuf heures et s'informait ingénument : « Je ne suis pas en retard ? » Quant à Francine, elle entrait en coup de vent, se laissait tomber sur sa chaise en soupirant : « Je suis tuée... Ces magasins... ces essayages... » tandis que ses yeux brillants et meurtris semblaient poursuivre dans le vague un souvenir coupable et doux.

Cependant le potage était froid, le rôti brûlé, les domestiques grognaient, et tout s'en allait de travers dans la belle demeure, comme autrefois dans le petit appartement de la rue d'Armaillé. Mais miss Allan estimait que, dès sept heures et demie, Gabri devait être prête et attendre le bon plaisir de ses parents. Que l'attente durât dix minutes ou une heure, miss Allan ne bougeait pas, raide comme un piquet dans son fauteuil, sans parler puisque la journée de travail de Gabri était terminée.

Cette fois-ci heureusement, Charles dînait à la maison et, les soirs où il était là, on mangeait toujours à peu près à l'heure.

Gabri suivit miss Allan dans la salle à manger. Elle était toute blanche et dorée, d'un blanc et d'un or qui faisaient mal aux yeux. Mme Bragance n'avait pas eu le temps de se familiariser avec l'art nouveau et elle gardait sa faveur au style Louis XVI-Exposition 1900, aux boiseries couleur de crème fouettée et aux tentures jaune d'œuf. Tout l'appartement de l'avenue d'Iéna ressemblait ainsi à une gigantesque meringue.

Gabri, en entrant dans la salle à manger, trouva son père et son cousin qui parlaient debout. Le premier l'embrassa sans interrompre sa conversation ; l'autre ne la regarda même pas et lui tendit un doigt. Puis Mme Bragance parut, et on se mit à table.

La conversation de ses parents était pour Gabri aussi inintelligible que du sanscrit. Il s'agissait de livres sterling, de marks, de valeurs aux noms biscornus. Mme Bragance, attentive, écoutait et traduisait en chiffres et en images précises de robes et de bijoux. Personne ne se souciait de

Gabri. La petite fille en souffrait avec une intensité bizarre. Elle se sentait seule, désemparée, perdue. Alors, pour se venger, elle commençait à remuer dans sa tête des pensées secrètes, abominables : elle se représentait d'où pouvait bien venir sa mère dépeignée ainsi, les yeux brillants ; ou elle poursuivait avec une sournoise et amère délectation la trame d'un vilain roman dévoré en cachette. Et, d'ordinaire, cela suffisait à la consoler de son abandon ; elle avait l'impression d'une sorte d'indépendance qu'elle se créait à elle-même, et cela l'emplissait d'une satisfaction obscure, vengeresse. Mais il y avait des soirs, comme celui-ci, où malgré cela elle se sentait triste et tendre à pleurer. Elle s'efforça de toute son âme à s'intéresser à ce que disaient ses parents. Une attention anxieuse crispait ses traits. Mais elle s'attira seulement une remontrance à voix basse de miss Allan.

— Mangez donc au lieu d'essayer de comprendre ce que disent les grandes personnes. Cela ne vous regarde pas.

Après le dîner, on passa dans le petit salon voisin. Un feu clair brillait dans la cheminée. Une lampe rose allumée dans un angle de la pièce adoucissait les teintes criardes des meubles trop neufs.

Miss Allan remonta dans sa chambre et Gabri s'installa dans un coin d'ombre. Il était neuf heures. Léon Bragance, son cigare terminé, se leva.

— Je sors. On m'attend chez Blum. Couche-toi sans m'attendre, Francine. Au revoir, Charles... Bonsoir, ma petite Gabri.

Du geste qui lui était habituel, il lissa ses cheveux, tous

les jours plus rares autour des tempes. C'était un de ces hommes qui s'usent vite, minés par la fièvre des grandes affaires comme d'autres par l'alcool ou le jeu. Il s'en alla. Francine et Charles écoutèrent sans parler le bruit de ses pas qui s'éloignaient ; ils eurent l'un vers l'autre un mouvement pareil, vite réprimé : Gabri était là, immobile et attentive.

Francine jeta un coup d'œil vers la pendule et demanda, d'un air faussement détaché :

— Eh bien, tu ne te couches pas encore, Gabri ?

— Mais je me couche toujours à neuf heures et demie, répondit précipitamment la fillette.

Elle comprenait parfaitement qu'elle était de trop entre sa mère et Charles ; mais elle avait tellement envie de rester là, dans cette tiédeur, près du feu, des fleurs... Elle détourna la tête pour ne pas voir l'expression de colère contenue passer sur les traits de sa mère. Cependant celle-ci ne dit rien : on n'envoie pas une grande fille de quatorze ans jouer dans la chambre voisine comme un bébé.

Francine s'approcha du piano, plaqua quelques accords avec un petit soupir excédé, puis s'assit et se mit à jouer.

Gabri adorait la musique, quoiqu'elle-même jouât fort mal. Mais écouter sa mère était pour elle une joie ineffable et trop rare. Francine était née musicienne ; sous ses mains magiques, le piano — instrument de torture pour Gabri — semblait chanter et pleurer.

Francine jouait la *Chanson érotique* de Grieg, si ardente et si tendre, charnelle et triste comme une plainte amoureuse.

Peu à peu la petite fille se rapprocha du piano, les nerfs tendus, les yeux pleins de larmes.

Francine laissa retomber ses mains. Son regard plus profond, plus doux, chercha dans l'ombre la figure de Charles. La pendule sonna un coup dans le silence.

— Gabri, il est neuf heures et demie.

— Oh! petite mère!

— Eh bien, quoi? interrompit tout de suite Francine irritée.

Gabri, interdite, ne répondit rien. Toute son âme saignait encore, comme écorchée par cette divine et cruelle musique. Enfin, elle supplia.

— Laisse-moi encore cinq minutes avec toi, petite mère… Je t'en prie… Je voudrais encore t'écouter seulement cinq minutes, dis, petite mère…

Elle implorait, puérile et désolée. Francine, d'un coup brusque, rabattit le couvercle du piano.

— Tu es folle, je pense, s'exclama-t-elle de cette horrible voix criarde qu'elle prenait dès qu'on la contrariait. Qu'est-ce que c'est que ces histoires, ces caprices idiots? Mademoiselle se croit une jeune fille à présent? Mademoiselle veut passer la soirée au salon avec les grandes personnes? Monte immédiatement te coucher, tu entends? Va-t'en tout de suite!…

Elle montrait impérieusement la porte. Cette gamine, qui avait le front de lui voler une heure de solitude avec Charles! À grand-peine, elle retenait une gifle au bout de ses doigts qui tremblaient. Charles fumait et paraissait complètement détaché de la scène. Gabri ne voulut pas

58

pleurer devant « eux ». Elle ne dit rien, baissa la tête avec un regard en dessous, ce terrible regard noir des enfants punis qui fait penser à l'éclair de haine impuissante dans des yeux d'esclave, et que les parents ne remarquent jamais. Puis elle sortit.

Toute la nuit, dans sa belle chambre, à deux pas du lit où ronflait miss Allan, Gabri sanglota d'humiliation et de détresse. Toute la nuit, elle appela : « Michette, Michette », comme si la petite morte eût pu l'entendre ; elle souhaita désespérément mourir, elle aussi, puis elle finit par s'endormir en murmurant :

— Oh ! je voudrais me venger, Michette… Je voudrais nous venger, Michette.

3

L'été, Gabri allait passer deux mois à Plombières avec miss Allan, tandis que Francine courait les villes d'eaux et les plages à la mode, en compagnie de Charles, et que Bragance, à Paris ou en Pologne, travaillait comme un forçat.

Ainsi passèrent deux étés et deux monotones hivers. Gabri devenait jolie ; elle avait gagné au contact de son Anglaise un rien de raideur britannique, une certaine sobriété de paroles et de gestes qui achevait de la rendre charmante ; dans son visage plus plein, plus reposé, ses yeux verts magnifiques, un peu tristes, retenaient déjà les regards des hommes dans la rue.

Cependant sa vie n'avait guère changé. L'été, elle s'ennuyait à mourir dans la morne petite station thermale des Vosges resserrée entre deux montagnes d'un vert de cimetière, et, l'hiver, elle était toujours confinée dans la salle d'étude, sous la surveillance de miss Allan, qui devenait de jour en jour plus sévère et plus rigide.

Deux fois par mois, le dimanche, miss Allan sortait de

quatre à sept avec une régularité de chronomètre ; elle allait prendre le thé chez deux vieilles Anglaises de ses amies. Pendant quinze jours Gabri attendait impatiemment ce dimanche, jour béni entre tous. Ses parents sortaient également : ils allaient aux courses ou dans quelconques dancings, plus rarement en visite, car Mme Bragance ne s'était pas encore fait beaucoup de relations. Elle était trop paresseuse pour cela. Mais où qu'elle allât, naturellement elle ne prenait pas Gabri avec elle. Gabri, avec un plaisir délicieux, les écoutait s'en aller. Les domestiques disparaissaient à la cuisine ou à l'office. Elle restait toute seule dans l'appartement désert. Comme autrefois rue d'Armaillé, elle passait des heures à la fenêtre, se pénétrant de la paix singulière qui envahissait la ville, le dimanche. Quand il faisait beau, dans l'avenue d'Iéna, plus calme qu'une rue de province, des pigeons se promenaient tranquillement au milieu de la chaussée. Puis elle jouait un peu de piano ; elle s'essayait à traduire les bizarres mélodies qui chantaient dans sa tête. Surtout, elle lisait.

Sans la lecture, elle serait tombée malade d'ennui. Les livres remplaçaient pour elle la vie réelle.

Ces beaux dimanches de solitude, elle les passait presque tout entiers dans la bibliothèque ; elle avait dérobé la clef de l'armoire aux livres avec des ruses et des précautions de Peau-Rouge. La bibliothèque avait été achetée en bloc à la salle des ventes, et elle contenait quelques beaux ouvrages anciens, des récits de voyage, quelques conteurs libertins du XVIIIe et beaucoup de romans modernes, des meilleurs et des pires. Mais Gabri lisait tout ce qui lui tombait sous la main et, le soir venu, elle emportait le livre dans sa chambre et, toute la nuit, au nez de miss Allan endormie, à la lueur de la veilleuse, elle dévorait le bouquin, toute tremblante, dès que miss Allan remuait, d'une sorte de terreur délicieuse.

Mais, un jour, il ne resta plus dans la bibliothèque un seul livre que la petite fille n'eût pas su par cœur, et l'idée tout à coup lui vint d'aller fureter un peu chez Charles. Justement Bragance était en Pologne depuis une semaine et, pendant le déjeuner, Charles et Francine avaient décidé d'aller aux courses.

Ils partirent aussitôt après le déjeuner. Dès que miss Allan eut refermé la porte derrière elle, Gabri descendit à pas de loup par l'escalier de service jusqu'à la garçonnière de Charles. Elle savait que le domestique avait congé pour la journée. Elle pénétra dans la cuisine avec un passe-partout qu'elle avait trouvé dans l'office des Bragance. Elle se glissa doucement dans le fumoir. Elle avait beau savoir que l'appartement était vide, une singulière angoisse l'oppressait. Les chambres silencieuses paraissaient pleines d'hostilité et de mystère ; une ombre précoce envahissait le rez-de-chaussée. Dans la demi-obscurité, le bras d'un fauteuil orné d'une tête de lion en bronze brilla. Gabri devina plutôt qu'elle ne la vit l'armoire aux livres. Une tenture algérienne à moitié soulevée laissait entrevoir deux autres pièces qui se suivaient à la file. La dernière était toute noire, volets clos, lumières éteintes.

Avec une adresse furtive de chatte, Gabri avança la main vers la bibliothèque ; la paix inquiétante de l'appartement désert la troublait jusqu'au vertige. Tout à coup elle tres-saillit violemment et demeura sur place, figée de terreur. Quelqu'un venait d'allumer l'électricité dans la chambre du fond.

Elle vit sa mère et Charles. Charles était couché. Le lit était juste en face de la porte. Debout devant le lit, Francine demi-nue se recoiffait, un miroir à la main. Elle lissa sa courte chevelure, puis elle hésita, s'étira, bâilla et, brusquement, elle laissa tomber son miroir qui glissa sur le tapis, et, enjambant le bord du lit, elle se recoucha et étei-gnit la lumière. La chambre fut de nouveau toute sombre et silencieuse.

Gabri était toujours là, la tête en feu ; une seule idée demeurait précise dans son affolement — fuir. Frôlant les murs, elle se dirigea à tâtons vers la cuisine et se précipita comme une folle dans l'escalier, puis dans sa chambre, où elle tomba tremblante au fond d'un fauteuil. Elle y demeura longtemps sans bouger. Elle s'efforçait vainement de mettre un peu d'ordre dans ses pensées bouleversées. Ses joues brûlaient et elle éprouvait un sentiment bizarre de honte cuisante, mêlée à un affreux dégoût. Elle n'était pas le moins du monde surprise : depuis longtemps, elle se doutait de la liaison de sa mère. Mais d'avoir vu, de ses yeux vu, elle se sentait troublée, salie ; en même temps une jalousie envieuse, inavouable, la troublait. Ah ! quand donc serait-elle aimée enfin, elle aussi ?

4

« Si elle savait que je sais, pourtant ? » se répétait Gabri
tout le long du jour. Elle comprenait bien qu'il était dans
son intérêt de laisser ignorer à sa mère son importune
perspicacité. Celle-ci, au moindre soupçon, se serait hâtée
de l'expédier dans un pensionnat quelconque, et Léon
Bragance était trop soumis aux moindres volontés de sa
femme pour s'y opposer. Gabri se taisait, mais elle avait
le sentiment très net et enivrant d'être, malgré tout, la plus
forte, de tenir dans ses mains la tranquillité et le bonheur
de ces grandes personnes orgueilleuses qui ne la remar-
quaient même pas. Tout le temps, impassible en apparence
devant Francine dédaigneuse et distraite, elle pensait : « Si
elle savait que je sais ? » Et le brusque désir qui la prenait de
crier à la figure de Francine : « Je sais, j'ai vu » était éner-
vant, intense, presque voluptueux. Il y avait des moments
où elle détestait Francine d'une haine irraisonnée, sauvage,
que chacun des regards, des paroles et des pas de sa mère
suffisait à exaspérer. Mais que la situation fût odieuse et ses
propres pensées abominables, de cela elle ne se rendait pas

du tout compte. Les adolescents ne se meuvent à l'aise que parmi les passions les plus excessives. La vie, pour leur plaire, doit revêtir les plus violentes couleurs. Ainsi les petits enfants reconnaissent la nature seulement dans leurs albums, quand elle est bariolée comme une image d'Épinal. Cependant, la tentation de prononcer tout haut les paroles qui la brûlaient : « Je sais, j'ai vu... » devenait pareille à une obsession maladive. Devant son père surtout, elle en était poursuivie. Elle imaginait comme ce serait bon de vivre seule, avec lui, sans sa mère, ni Charles. Elle aurait ouvert les yeux à son père sans le moindre scrupule, sans aucune crainte de le faire souffrir, si ces actions eussent été aussi hardies que ses secrètes pensées. Elles ne l'étaient pas, heureusement.

Mais, un jour, comme elle était seule dans la salle d'étude, en train de se débattre contre un problème d'algèbre, sa main machinalement atteignit une feuille de papier détachée de son cahier, et sa pensée intime s'extériorisant en quelque sorte, elle traça, comme presque malgré elle, quelques mots :

« Si vous voulez vous assurer que votre femme vous trompe avec votre cousin Charles Bragance, revenez à l'improviste... »

Elle n'acheva pas ; elle regarda la phrase écrite avec un petit frisson voluptueux ; elle savait très bien que jamais elle n'aurait le courage d'envoyer cette lettre, qu'elle allait immédiatement la déchirer. Mais elle éprouvait à manier ce bout de page noircie le même terrible plaisir qu'elle eût ressenti à tenir entre ses mains un pistolet chargé. Elle lisait, relisait ; elle ne pouvait se résoudre à déchirer le dangereux chiffon ; elle était comme hallucinée par la forme même des mots qu'instinctivement elle avait tracés d'une haute écriture impersonnelle, soigneusement déguisée.

Tout à coup, la porte s'ouvrit. Mme Bragance parut.

— Dis donc, Gabrielle…, commença-t-elle…

Elle s'interrompit. La petite avait bondi et, maintenant, le dos à la table, elle crispait et froissait nerveusement la lettre entre ses doigts. Elle était si pâle, si défaite, que Francine, malgré son peu de perspicacité, alla droit vers elle.

— Qu'est-ce que tu tiens dans ta main ?

— Rien.

— Donne-moi ça tout de suite.

Elle arracha le papier, le déplia, lut.

Gabri vit sa mère pâlir sous son fard. Elle demanda enfin d'une voix mal assurée :

— Où as-tu trouvé ça ?

Trop bouleversée pour répondre, la petite se taisait. Mme Bragance continua, avec une irritation et terreur grandissantes :

— Veux-tu me dire où tu as ramassé cette chose, cette lettre dégoûtante ?

Gabri comprit que l'erreur de sa mère allait la sauver. Elle dit précipitamment :

— Par terre, je l'ai ramassée par terre.

— Ici ?

— Ici, oui.

Mme Bragance regarda autour d'elle d'un air soupçonneux, inquiet. Enfin, elle demanda :

— Miss Allan était ici tout à l'heure ? Elle écrivait ? Réponds-moi, il faut t'arracher les mots de la bouche… Elle écrivait ça ? Dis, voyons, ma petite Gabri… Tu l'as vue écrire ?

— Oui… non… oui, balbutia Gabri.

Mme Bragance réfléchissait : « Évidemment, elle aura perdu le brouillon d'une lettre anonyme. » Elle revint à la charge :

— Et après ça, tu l'as encore vue écrire quelque chose d'autre ? Dis-moi ma petite fille ? dit-elle en tâchant de prendre un air d'indifférence.

Gabri dit brusquement :

— Non, elle était assise ici, elle écrivait ça, j'en suis bien sûre.

— Pas du tout, c'est très bien, affirma distraitement Mme Bragance.

Puis elle dit :

— Enfin, tu es sûre qu'elle n'a pas écrit autre chose ?

— Sûre, maman.

— Gabri, dit Mme Bragance, ce soir, après le dîner, tu diras à ton père que tu ne veux plus que l'on garde ici miss Allan. Tu veux bien ?

Le cœur de Gabri sauta de joie dans sa poitrine ; mais elle se contint et murmura :

— Oh ! pourquoi ? Elle est bien gentille…

— Pas du tout, c'est une mauvaise femme, une menteuse, dit Francine. Tu ne peux pas comprendre ça encore, heureusement. Mais ce n'est pas la peine d'expliquer tout en détail à ton père… il se fâcherait… ça ferait des tas d'histoires… Dis seulement qu'elle t'ennuie… Après tout, tu es assez grande à présent pour te passer d'une institutrice. Ah ! on m'avait bien affirmé que les meilleures ne valaient rien… Des serpents… Alors je peux compter sur toi ?

Gabri répondit, docile et indifférente, d'une voix douce de petite fille modèle :

— Comme il te plaira, petite mère.

— Et… tu ne raconteras rien à ton père, n'est-ce pas ?

— Mais non, maman, à quoi bon ?

Francine sourit, rassérénée.

— En effet, à quoi bon ? Tu es une gentille petite fille, ma Gabri. Il ne faut plus penser à tout ça, maintenant… Des bêtises, en somme.

Elle embrassa Gabri et partit, emportant soigneusement le papier noirci. Quand elle eut disparu, Gabri demeura un moment pétrifiée. Elle n'éprouvait pas le moindre remords de ce qu'elle avait fait. Débarrassée de miss Allan ! C'était un bonheur que l'on ne pouvait payer assez cher ! Et puis, quel bon tour elle leur avait joué à tous ! Dire que sa mère n'avait pas pensé un seul instant qu'elle pût être la coupable, elle, Gabri… Au lieu d'en être touchée, cela la faisait seulement rire. Pour la première fois depuis bien longtemps, toute son enfance oubliée envahit de nouveau son cœur, comme une grande vague d'allégresse. La bouche grande ouverte pour un cri de triomphe que, prudemment cependant, elle retenait, elle se mit à tourner comme une toupie sur elle-même, ses cheveux lui fouettant la figure. Elle ne trouvait pas autre chose pour exprimer sa joie folle, scélérate, que des gestes de gamine, des danses de sauvage.

Deux jours plus tard, miss Allan, digne et pincée, fut prévenue que Gabri, trop grande fille désormais pour demeurer sous la surveillance d'une institutrice, serait uniquement conseillée et guidée par sa mère. Miss Allan fit ses bagages et partit. Pendant deux jours, Francine intercepta adroitement le courrier de son mari, puis elle n'y pensa plus. Et la vie de Gabri fut changée pour la troisième fois.

5

Pendant trois jours, la femme de chambre de Francine fut chargée d'accompagner Gabri au cours et à la promenade, mais, le quatrième jour, Mme Bragance eut besoin de sa femme de chambre et Gabri resta à la maison. Le lendemain, Mme Bragance prit sa fille avec elle au Ritz, mais Gabri était jolie, et pas mal de regards glissèrent de sa mère vers elle. Là-dessus, comme Gabri ne pouvait pas demeurer enfermée tout le jour ni porter ombrage à la beauté de sa mère, celle-ci adopta un moyen terme et permit à la petite de sortir seule. Cela développait l'énergie, après tout, l'assurance ! Dieu merci, le temps des petites oies blanches était bien loin. Francine commença à dire :

— Pour moi, j'ai toujours pensé que l'on ne saurait habituer trop tôt les jeunes filles à l'indépendance... Mes principes là-dessus...

Car ses principes étaient faits d'une étoffe malléable et souple, taillable et changeable à volonté.

Et Gabri fut lancée du jour au lendemain à travers Paris, comme un poulain dans un pré. Personne ne lui demanda compte de ses actes, personne ne s'intéressa à ce qu'elle faisait tout le jour.

Personne non plus ne s'aperçut que Gabri changeait, qu'elle se transformait en femme avec une rapidité extraordinaire. Elle avait toujours été seule dans le chagrin. Elle demeura seule dans la joie.

Une fois, Gabri descendait lentement les Champs-Élysées vers six heures du soir. C'était un après-midi de février, adouci par une sorte de printemps faux et charmant. Les arbres étaient encore nus, il faisait froid, mais un parfum indéfinissable et doux flottait dans l'air, comme chargé d'un vague arôme de fleurs. Autour de Gabri des hommes et des femmes passaient enlacés, vite évanouis dans le soir. Puis une nuit claire et pure, toute bleue, s'étendit lentement au-dessus de la ville. Et tout à coup — jamais Gabri ne devait oublier cette brusque impression de souffrance suave — elle avait entendu au coin d'une rue un air mélancolique et grêle de flûte, triste, limpide... Elle avait marché plus lentement encore, tout émue d'une douceur inexplicable... Cette nuit d'une beauté languide, cet air de flûte qui se perdait dans le lointain, tout cela l'amollissait d'une sorte de tendresse vague, d'un bonheur sans cause, mêlé à une peine délicieuse. Il lui sembla que, dans son cœur, un voile de deuil se déchirait. Une joie soudaine, étrange l'envahit. Il lui parut qu'elle retrouvait son enfance, comme si, au sortir du long cauchemar de l'adolescence, elle s'éveillait de nouveau petite fille, mais avec des yeux plus pénétrants, des sens plus déliés et plus subtils, et une puissance obscure et nouvelle. Pendant des années, elle avait été maussade et silencieuse.

À partir de ce jour, elle emplit la maison de bruit et de gaieté. Elle semblait ivre d'un vin mystérieux. Dans la rue, elle caressait les enfants, faisait l'aumône avec un plaisir inconnu, regardait les passants avec une curiosité indulgente. Elle jouissait des plus humbles événements de la vie quotidienne avec une singulière acuité. Elle se demandait quelquefois : « Mais pourquoi suis-je si heureuse ? Mais qu'est-ce que j'ai donc à être heureuse comme ça ? »

Et elle riait d'elle-même avec une honte délicieuse.

Un besoin immense de tendresse était en elle ; elle se mit tout à coup à chérir son père. Elle l'entoura de mille petits soins, de prévenances, de câlineries. Jusque-là elle avait été si peu expansive, si froide, que Bragance lui fut reconnaissant de sa gentillesse soudaine comme d'un beau cadeau imprévu. Lui aussi commençait à se sentir bien seul, à mesure qu'il vieillissait davantage. Ils connurent des heures exquises. Il venait chez Gabri, s'installait dans sa chambre, la regardait aller, venir, l'écoutait bavarder. Avec une sorte de coquetterie inconsciente, Gabri s'ingéniait, pour plaire à son père, à rendre sa chambre plus confortable, à revêtir les robes qu'il préférait. Elle commença même de menus ouvrages de broderie. Elle avait l'intuition que son père serait captivé par la fine et chaste poésie qu'il ne connaissait pas, d'un joli intérieur bien rangé, de la grâce aimable d'une femme qui coud sous la lampe.

Un soir, elle lui parla de Michette. Personne ne se souvenait plus dans la maison de la pauvre petite morte. Mme Bragance avait fait tant d'efforts pour oublier l'horrible drame, qu'elle y était parvenue sans trop de peine.

Une grande photographie dans un trop joli cadre sur la cheminée du salon, c'était tout ce qui restait de Michette. Seule Gabri lui gardait le même culte fervent, mais jamais devant personne elle ne prononçait son nom. Cette fois-ci, dès qu'elle l'eut dit, elle ressentit une impression de gêne extraordinaire. Il lui semblait que ses lèvres s'en étaient déshabituées, et les quelques syllabes sonnèrent bizarrement à ses oreilles, comme des mots d'une langue étrangère. Elle comprit tout à coup que cinq longues années s'étaient écoulées depuis la mort. Bragance dit quelques phrases malhabiles et se tut. Il l'avait si peu connue, il y avait si longtemps... Pour la première fois, Gabri pensa que, malgré tout, son père ne serait jamais aussi proche d'elle qu'elle l'avait espéré. Mais elle continua à l'envelopper de sa tendresse. Peu à peu d'ailleurs celle-ci devenait plus intéressée. L'idée lui venait, qu'il n'y avait pas de raisons à ce que son père refusât un jour de divorcer, si elle lui en suggérait l'idée... Et elle s'efforçait de le conquérir avec une rouerie naïve comme un fiancé.

Un jour elle osa dire :

— Papa, est-ce que tu aimerais vivre avec moi dans un pays où il y ait du soleil et des fleurs ?

— C'est de Nice que tu parles ?

— Nice ou un autre pays, n'importe où, pourvu qu'il y fasse toujours beau.

— Nous irons à Nice l'an prochain si tu veux. Et je t'achèterai une petite auto que tu conduiras toi-même.

— Nous irons là-bas, vrai ?

— Vrai.

— Tous les deux ?

Il ne répondit rien, un peu surpris.

Puis il dit d'une voix qui s'altérait légèrement :

— Mais... non... avec petite mère, naturellement.

— Ah !

Dans le silence subit qui tomba entre eux, ils se dévisagèrent avec une indéfinissable méfiance.

Gabri posa la tête sur l'épaule de son père.

— Papa, mon papa chéri, commença-t-elle, est-ce que tu ne m'aimerais pas assez pour vivre avec moi seulement, sans personne entre nous, sans petite mère ? Je t'aimerai tant si tu savais, je te soignerai... mieux qu'elle. Allons-nous-en ensemble, tout seuls, dis ?

Il répondit lentement, d'une voix bizarre :

— Tu ne sais pas ce que tu dis.

Alors elle s'écria :

— Oh, papa, papa, si tu savais !

Brusquement il lui mit la main sur la bouche et murmura avec précipitation :

— Tais-toi, tais-toi, je t'en supplie... ne me dis pas...

Elle ne comprit pas à quel point il était sincère et pitoyable. Elle dit seulement avec amertume :

— Ah, tu l'aimes mieux que moi !

— Mais ce n'est pas la même chose, dit le père, comme s'il demandait grâce.

Sans pitié elle continua :

— Tu verras, je te rendrai bien plus heureux qu'elle n'a jamais su ni voulu le faire. Elle est égoïste, elle est si méchante, elle...

74

Il l'interrompit :

— Assez… tu ne sais pas ce que tu dis, mon enfant. Il ne faut jamais parler ainsi de ta mère. Elle a ses défauts que tu ne dois pas te permettre de juger… et…

À mesure qu'il disait les phrases que les parents répètent comme s'ils les savaient par cœur, il se ressaisissait. Gabri comprit qu'elle le perdait.

Sans rien dire, elle reprit sa broderie et continua machinalement à piquer la toile de son aiguille. Bragance alluma une cigarette ; ils se sentaient gênés tout à coup, comme deux étrangers.

Bragance dit enfin :

— Plus tard tu te marieras…

Il pensait : « Tu te marieras, tu me laisseras, et je resterai seul, plus seul qu'avant. Non, non, j'aime mieux attendre. Bientôt, elle sera vieille, elle n'aura plus que moi, peut-être je serai heureux enfin, qui sait ? »

Mais il ne dit plus rien, et Gabri ne sut pas comprendre.

TROISIÈME PARTIE

1

Francine se recoiffait debout devant la glace de la cheminée ; Charles, un peu plus loin, affalé dans un fauteuil profond, mâchonnait une cigarette et gardait un silence mauvais et une immobilité de bête sournoise. Le crépuscule hâtif d'une journée de pluie noyait d'ombre la chambre où ils venaient de s'aimer et le grand lit défait sous ses tentures. Des vêtements étaient jetés un peu partout, une fourrure traînait sur le tapis, le chapeau de Francine, posé sur la pendule, étouffait le bruit du balancier d'or. Dans la pièce surchauffée, close, flottait une odeur violente.

Charles murmura enfin, le visage crispé.

— On ne respire plus, ici…

— Eh bien, ouvre la fenêtre, dit Francine, la voix subitement altérée, haineuse, malgré l'apparente simplicité des phrases qu'ils venaient d'échanger.

Il se leva, alla vers la croisée et l'ouvrit toute grande. Une bouffée de fraîcheur humide pénétra dans la pièce, et le bruit doux de la pluie. Il soupira soulagé et demeura sans bouger.

Cependant Francine approcha le visage de la glace et se regarda longuement ; ses cheveux se décoloraient par places. Elle seule savait combien de fils blancs se dissimulaient sur les tempes et derrière les oreilles, et combien de rides fines striaient les coins de la bouche et des paupières, malgré le fard qui les recouvrait, malgré les massages savants.

Charles revenait vers elle après avoir refermé la fenêtre et tiré les rideaux. Elle vit dans ses yeux le regard qu'elle connaissait et redoutait le plus au monde, tout chargé de colère et d'une rancune inexplicable.

Mais, avec la maladresse quasi perverse de certaines femmes, elle dit immédiatement les paroles qu'il ne fallait pas dire.

— Mon parfum te déplaît à présent ? Pourtant il n'a pas changé…

Il répondit cruellement :

— C'est tout le reste qui a changé…

Et il ajouta :

— Toi comme moi…

Debout l'un devant l'autre, ils se dévisageaient âprement.

Les cinq années écoulées avaient pesé lourdement sur eux. La beauté de Francine, faite surtout de fraîcheur et de vigueur, éclatante, voyante, avait eu la maturité brève de certains fruits trop pleins de sève. Elle se fanait déjà. Il semblait à Charles que cette image convenait aussi à leur amour trop violent, trop ardent ; il y a de ces pêches savoureuses, trop tôt mûres, qui commencent à pourrir par le dedans et se gâtent un beau jour sans qu'on sache pourquoi.

Il revoyait en esprit toute leur liaison. Cinq années de

scènes, de querelles... une jalousie féroce, un besoin frénétique de se torturer, de s'asservir mutuellement, de s'en-
chaîner... Toute une lie qui remontait maintenant,
lentement à la surface. Il en était arrivé à un tel dégoût
de sa maîtresse, que même son parfum, le contact de ses
mains, sa voix, jusqu'à son souvenir quand elle n'était pas
là, remuaient au fond de son âme une haine aussi sauvage,
aussi irraisonnée que l'avait été autrefois son désir.

Parfois, après leurs rendez-vous, il était poursuivi par
l'odeur de Francine, par la mémoire de ses caresses, comme
par le goût affreux du vin après une orgie. Mais, lié par
la terrible chaîne de l'habitude et des vices communs, il
retombait toujours dans le cercle de ces deux bras, qui
tentaient de l'enfermer, de l'emprisonner, et il l'en haïssait
davantage. Elle, avec sa naïveté de femme et d'amoureuse,
ne voyait dans tout cela que la menace d'une trahison possible et elle l'obsédait plus encore de sa jalousie, de sa présence, de ses baisers tyranniques.

Pour rompre un silence qu'elle devinait dangereux, elle dit :

— Tu dînes à la maison ce soir ?

— Non... je ne peux pas.

— Pourquoi ça ?

— Je n'ai plus le droit à présent d'engager ma soirée
sans te demander la permission ?

— Autrefois...

— Laisse donc le passé tranquille, je t'en supplie.

— Alors, tu ne veux pas venir ? demanda-t-elle de sa voix
qui devenait insensiblement aigre et criarde. Tu ne veux
pas ?

— Je ne peux pas.

— Tu mens. Voilà une semaine que tu inventes, tous les jours, un prétexte pour m'éviter.

— J'évite ta maison.

— Qu'est-ce que c'est que ce nouveau caprice ?

Il s'emporta :

— Alors, tu t'imagines que c'est agréable, ces dîners chez toi, en face de ton mari, de ta fille ?

— Voilà cinq ans qu'ils durent, et jamais ils ne t'avaient été désagréables pourtant…

— Ça prouve encore une fois qu'on se lasse de tout et je te répète…

— Ah, tu m'ennuies à la fin ! cria-t-elle si fort qu'il sursauta nerveusement. Tu inventes à plaisir des absurdités ! À ton aise après tout, mon petit ! Va où tu voudras, avec qui tu voudras !

— Tu sais bien que je mens, dit-il avec colère et tristesse. Tu sais bien que si je ne vais pas chez toi, je resterai ici, au coin du feu, seul comme un chien, ou bien j'irai à Montmartre m'abrutir de cocktails et de danses… Tu sais bien…

Il continua :

— Tu sais bien que c'est ça justement qui est terrible. En dehors de toi je n'ai rien, ni famille, ni relations. Je n'ai pas un seul ami. Tu étais jalouse de tout le monde. Tu as éloigné tout le monde de moi. Je suis seul. Tu ne peux pas comprendre l'horreur de cet appartement vide, le soir, avec cette sensation d'être seul au monde — au monde ! — avec toi !

— Eh bien, et moi ? répliqua-t-elle. Qu'est-ce que j'ai donc en dehors de toi ? Un mari que je n'aime pas ? Ma fille qui me quittera bientôt, sans doute pour se marier ? Et puis, je ne suis pas une épouse, ni une mère, qu'est-ce que tu veux ! ou plutôt, mon mari, mon enfant, c'est toi... Tu n'as pas le droit de me quitter, tu entends ? Tu avais juré de rester avec moi toute la vie, rappelle-toi, Charles, rappelle-toi...

— On jure toujours ces choses-là, grommela-t-il entre ses dents avec rancune.

Et il ajouta en levant les épaules :

— L'amour... une prison qu'on se bâtit soi-même...

Francine, sans répondre, ramassa sa fourrure qui traînait.

— Adieu... Veux-tu que ce soit pour toujours ?

Il haussa les épaules :

— C'est difficile, dit-il avec une expression ambiguë.

— Tu viens de me dire des paroles irréparables.

— Il ne peut plus y avoir de paroles irréparables entre nous, ma pauvre amie ; nous les avons toutes usées depuis longtemps...

Tout à coup elle éclata en sanglots, suprême argument des femmes. D'abord il en fut irrité. Puis il s'émut malgré lui. Enfin il la prit dans ses bras.

— Francine, voyons, Francine, c'est ridicule.

— Oh, mon petit, mon petit, aime-moi, je t'en supplie, gémissait-elle.

Elle était tout contre lui ; il but ses larmes avec une sensualité mélancolique et, de nouveau, il la désira avec une sorte de pitié trouble. Et de nouveau il la prit.

2

La femme de chambre annonça Mlle de Winter. Babette entra en coup de vent chez Gabri.

Babette — Roberte de Winter — avait vingt-trois ans bien sonnés, en avouait vingt, et en paraissait dix-huit ou trente selon les jours. C'était une petite bonne femme brune, au maigre visage ambigu, aux yeux très beaux et à la bouche étrange, longue, sinueuse, souple, d'un dessin admirable; et cependant déplaisante, flétrie en quelque sorte. D'ailleurs, tout en elle faisait penser à un bouton de fleur fané avant sa maturité; elle avait un air de jeunesse et, cependant, de fatigue profonde. Gabri l'avait connue, quelques années auparavant, au cours de dessin, où elle faisait de vagues apparitions. Miss Allan n'avait pas permis à Gabri de se lier avec «cette jeune fille qui ne semblait pas comme il faut». Mais, miss Allan partie, Gabri et Babette étaient devenues immédiatement les meilleures amies du monde. Non seulement Mme Bragance n'y trouvait rien à redire, mais elle était secrètement flattée de ce que Gabri eût pour compagne une jeune fille à particule. Gabrielle savait davantage à quoi s'en tenir. La prétendue baronne de Winter, soi-disant veuve d'un baronnet anglais, était simplement une ancienne cocotte abrutie de morphine.

Babette, sa fille naturelle élevée à la diable, traînée depuis sa petite enfance de palace en palace, était plus que libre dans ses propos et ses allures. Elle inspirait à Gabri une sorte de curiosité et d'attrait, mêlés d'une répulsion involontaire. Mais comme elle était l'aînée, et en raison de ses expériences multiples, Gabri avait pour elle une manière de respect ; elle lui obéissait. Babette demanda en entrant :

— On sort ?

— Je veux bien, dit Gabri.

— Où ça ?

— Mais... je ne sais pas... où tu voudras.

Babette décida :

— Rue La Boétie, comme avant-hier, veux-tu ?

— C'est entendu.

Dans l'escalier, elles croisèrent Mme Bragance. Elle leur sourit distraitement :

— Bonjour, mes enfants, où allez-vous ?

— Madame, répondit Babette, nous allons au Collège de France, à mon cours de paléontologie.

Francine, sans l'écouter, murmura machinalement :

— Ah ! amusez-vous bien.

— Ben, elle n'est pas dure, ta mère, s'exclama Babette, dès que celle-ci eut disparu.

— Oh, tu veux dire qu'elle s'en fiche !

Les deux petites se regardèrent un moment, et Babette soupira, avec ironie et pitié :

— Ah! toutes les mêmes, mon pauvre chou!

Elles se turent brusquement, assombries par un flot amer de souvenirs semblables.

Babette, la première, haussa les épaules.

— Bah, maintenant, on n'a plus besoin d'elles. Ce sont elles, peut-être, qui auront bientôt besoin de nous!

Gabrielle comprit que son amie pensait à la vieille baronne qui rôdait dans le petit hôtel de la rue de Prony, toujours vêtue de noir, les cheveux teints, les yeux trop brillants et caves, grotesque et effrayante comme une sorcière de Goya. Et la figure de sa mère, lasse, tirée, lui apparut vieillie.

Babette héla un taxi et donna l'adresse du dancing.

Presque tous les jours, Roberte conduisait Gabri dans un nouveau dancing. La première fois qu'elles y étaient entrées, un jour de pluie, par hasard, Gabri avait éprouvé une sensation drôle et grisante de péché sans danger. Elle en était sortie ravie. Depuis, les jeunes filles avaient passé des heures entières dans tous les thés dansants de la capitale. Gabri trouvait un plaisir immense à ces escapades. Il fallait prendre bien soin de ne pas rencontrer Mme Bragance, qui hantait volontiers elle aussi ces endroits-là. Gabri frémissait délicieusement toutes les fois qu'il lui semblait reconnaître, de loin, une silhouette pareille à celle de sa mère. Il y avait en elle de la crainte, le plaisir anarchiste et naïf de narguer l'univers entier, et une sorte d'admiration pour sa propre crânerie. Et puis elle s'était prise à aimer cette atmosphère fiévreuse et chaude, faite de parfums mêlés, de poussière, de la fumée des cigarettes, de relents d'alcool, ce public équivoque, la musique stridente des jazz-bands. Par-dessus tout, elle adorait la danse. Pour cette petite fille intacte, la danse, c'était presque l'amour, qu'elle ne connaissait pas. Ces enlacements, ces corps-à-corps, ce lent balancement rythmé, ces frôlements, le silence des danseurs et cette musique sauvage, tout cela, c'était une volupté sans danger, poétisée, voilée, sournoise.

Pourtant elle aurait pu prétendre qu'elle ne faisait rien de mal. Certes elle dansait avec des inconnus, mais elle esquivait toutes les propositions diverses qu'on lui faisait. Parfois, par gaminerie, elle feignait d'accepter des rendez-vous, mais jamais elle n'y allait. Seulement elle en venait insensiblement à s'accoutumer à toute cette existence étrange, à trouver naturelles, normales, toutes les choses qu'elle voyait. Les couples bizarres qui passaient enlacés, les grosses dames maquillées, qui serraient contre elles, avec une tendresse effrayante d'ogresses, de petits jeunes gens trop bien mis, certaines figures blêmes de cocaïnomanes, et tant de vices et de tares, aperçus, devinés, toutes les aberrations, toutes les saletés de ces milieux singuliers, tout cela ne l'étonnait pas, ne la scandalisait pas. Elle s'imaginait presque que c'était cela la vie normale et qu'il n'y en avait pas d'autre ; et le sentiment du bien et du mal, qui n'avait jamais été bien distinct en elle, se brouillait, se troublait tous les jours davantage.

Et, le soir, quand elle rentrait chez elle, pendant les repas, en face de ses parents, elle se remémorait sa journée avec délices et un trouble et abominable plaisir. De la vie double qu'elle avait, elle tirait des jouissances d'orgueil obscures et intenses et le même sentiment de vengeance qui la consolait, quand elle était petite, de son abandon et de l'égoïsme des siens.

Elles étaient arrivées. Elles passèrent la porte gardée par deux nègres en livrée écarlate. Le dancing, comme de coutume, était plein de monde ; les garçons se faufilaient entre les groupes, en chantonnant machinalement des refrains de danses ; le plateau oscillait au bout de leurs bras tendus.

Gabri et Roberte sourirent aux danseuses de l'établissement qu'elles avaient fini par connaître. C'étaient deux petites Italiennes, Adelina et Felicia, à la peau dorée. Elles étaient frileuses comme des oiseaux des îles. Quelquefois les jeunes filles leur offraient des cigarettes ou un porto.

Adelina dit :

— Voulez-vous, je vais vous présenter aujourd'hui un chic danseur ?

— C'est un professionnel, expliqua Felicia ; mais un homme bien, un Russe, un noble... qui s'est fait danseur pour vivre, depuis la Révolution.

Elles firent signe à un jeune homme, qui buvait une orangeade dans un coin. Il se leva.

Adelina lui prit la main :

— Vous allez faire danser ces deux jolies jeunes filles, *caro mio* ?

Celle-ci s'appelle *signorina* Roberte, et celle-là *signorina* Gabriella.

Puis, se tournant vers le jeune homme qui souriait, elle acheva les présentations :

— Et lui, c'est le comte Nikitof.

— Ci-devant lieutenant à la Garde impériale, et présentement danseur au Tilbury-Montmartre, acheva Nikitof.

C'était un fort joli garçon, pas très grand, mais élancé et portant haut une petite tête élégante, très blonde d'une nuance rare comme de l'argent doré, avec des yeux pâles et un teint de fille ; dans toute cette pâleur, sa bouche surprenait, si rouge qu'on l'eût dite peinte.

Il s'inclina devant Gabri et l'enlaça. Tout le temps que dura la danse, il ne lui parla que très peu, de choses insignifiantes et correctes, comme il eût pu le faire dans un salon. Il parlait parfaitement bien le français, mais, parfois, il cherchait ses mots, et ses hésitations ressemblaient à de la coquetterie. Il la ramena jusqu'à sa place, la salua silencieusement et partit.

Le lendemain pourtant, il l'accueillait avec un sourire presque familier et demandait la permission de s'asseoir à sa table. Puis il se mit à parler avec une grande aisance et une simplicité un peu narquoise. Il dit qu'avant la guerre, il avait souvent habité Paris, qu'il y était revenu après la Révolution, ruiné, et que, pour ne pas mourir de faim, il avait pris cette place de danseur.

Il dit avec nonchalance :

— Car, vraiment, je ne sais faire que trois choses : conduire une automobile, monter à cheval et danser.

Il ajouta en allumant une cigarette :

— J'ai mon cousin, le prince Alchersky, qui est chauffeur, lui. Il gagne pas mal, lui, mais ça abîme terriblement les mains…

Gabri le trouva charmant. Elle demanda :

— Vous venez souvent ici ?

Il la regarda un moment sous ses longs cils baissés.

— J'y viendrais si j'étais bien sûr de vous rencontrer...

— Oh, venez demain, s'écria-t-elle, si spontanément qu'il sourit.

— À vos ordres, mademoiselle... Gabri... c'est bien ça, n'est-ce pas ?

Il accompagna Gabri et Babette jusqu'à un taxi, ce jour-là, leur baisa la main. Quand elles eurent disparu, il jeta cinq francs au chasseur qui bayait aux corneilles sous le porche, puis il s'en alla attendre l'autobus au coin de la rue.

3

Le comte Génia Nikitof et Gabrielle devinrent amis avec une rapidité surprenante. Ils se retrouvèrent d'abord dans le dancing de la rue La Boétie, puis dans d'autres établissements analogues, et, enfin, dans de petits bars discrets qu'il connaissait. Il était libre toute la journée : le restaurant de Montmartre où il dansait ne s'ouvrait qu'à minuit. Plusieurs fois il ramena les jeunes filles jusqu'à la rue de Prony ou jusqu'à la place d'Iéna. D'abord Babette les accompagna, mais cela l'ennuya vite, et Gabri ne fut pas fâchée de rester seule avec Génia. Leurs relations étaient bizarres, mal définies. Il paraissait trouver tellement normales leurs rencontres, leur camaraderie, que Gabri, elle aussi, les acceptait avec autant de simplicité que lui, par une sorte de contagion.

Quand ils se quittaient, il demandait avec aisance :

— Où nous retrouvons-nous demain, ma petite amie ?

Gabri répondait : «À tel endroit, à telle heure», sans se troubler ni s'étonner plus que lui. Elle lui avait dit son nom, qui elle était ; mais il semblait s'en soucier fort peu.

— Vous êtes délicieuse, lui disait-il parfois, simplement ; et je suis très heureux de vous avoir connue.

Cela flattait infiniment Gabri, qui appréciait la finesse de Génia, ses manières « ancien régime » et la nonchalance élégante de ses propos. Il avait énormément voyagé, et Gabri l'écoutait parler, quelquefois, comme enfant elle eût feuilleté un livre d'images, avec la même curiosité singulière, avide et vague.

Ils se retrouvaient de préférence sur la rive gauche, où Gabri était sûre de ne jamais rencontrer personne qu'elle connût. Ils s'asseyaient dans la salle basse d'un petit bistro quelconque, au coin d'une rue calme, au bord de la Seine. Quand il faisait beau, ils s'en allaient droit devant eux, au hasard, le long des quais.

Le bruit des bateaux sous l'arche des vieux ponts, l'odeur de l'eau, les longs coups de sifflet qui déchiraient le soir paisible, tout cela se traduisait pour Génia en souvenirs de pays lointains, de vagabondages à travers des villes, des ports… Il parlait avec des phrases précises, colorées, et Gabri, dans le brouillard roux, voyait se lever des contrées merveilleuses. Mais elle était plus captivée encore par ce qu'il taisait que par ce qu'il contait, par cette âme entrevue, insouciante et mélancolique, simple et compliquée à la fois, ondoyante, diverse, ou qui paraissait telle tout bonnement parce qu'elle était étrangère.

Un jour, il dit :

— Vous pouvez vous rendre libre, le soir ?

— Pourquoi ?

— Je suis invité chez un ami, le prince Twerskoï. On organise chez lui, lundi, un concert de chansons tziganes

pour les Russes sans ressources. Et j'aurais voulu vous
mener là.

— Mais je ne connais pas votre ami.

— Qu'est-ce que ça fait, puisque c'est un concert de
bienfaisance ! Il y aura des tas de gens qui ne connaissent
pas Twerskoï, et, comme ce sont des Russes, vous ne
risquez pas de rencontrer quelqu'un de connaissance.

— Oui, mais s'échapper le soir, tout de même, ça ne va
pas être facile.

Il murmura, déçu :

— Oh, quel dommage ! J'aurais tant aimé...

— C'est beau les chansons tziganes ?

— Je ne sais pas si c'est beau, c'est sauvage, sincère, spécial...

Elle réfléchissait, puis elle finit par dire :

— Écoutez... en somme... c'est faisable. Je vais raconter
chez moi que Mme de Winter nous mène au théâtre, Babette
et moi. Babette viendra me chercher, et nous nous retrouve-
rons à... à... Eh bien, par exemple, à la station d'autobus de
la place d'Iéna. Ça va ?

— Alors, Babette vous accompagnera ?

— Oui, je me charge de la décider. Ça vous contrarie ?

— Je n'aime pas beaucoup votre Babette... Mais ça ne
fait rien... Alors, c'est convenu comme cela ?

— Oui.

C'était à Auteuil, une grande maison triste, au bout d'un
jardin plein d'ombre. Le vestibule était énorme, glacial, nu. Les

chaises étaient rangées dans le salon, une pièce immense aux murs recouverts d'une méchante tapisserie grise à fleurettes.

— Autrefois, dit Nikitof, il y avait ici, par terre, de beaux tapis, sur les murs une vieille et précieuse soie de Mandchourie, verte et bleue comme vos yeux, Gabri, quand il fait soleil. Il y avait des fleurs, de la chaleur et de la lumière. Il y a eu ici pendant douze ans les plus belles fêtes de Paris. Mais tout est parti peu à peu... tout a été vendu. Je ne sais pas par quel miracle Twerskoï a gardé la maison ; mais, en tout cas, ce n'est pas pour longtemps. Et lui-même il est bien vieux... C'est dommage, c'était un beau seigneur... il n'y en a plus comme cela...

Autour d'eux, des femmes jacassaient d'une voix très haute, mêlant deux ou trois langues au petit bonheur. Ils s'assirent au premier rang.

Babette grogna :

— Je suis sûre que ça va être rasant comme tout, cette histoire-là !

Une femme parut sur la petite estrade, entourée de plantes vertes. Elle n'était pas jeune ; elle était très grande, forte, pâle, avec des lèvres minces, décolorées, et comme elle était entièrement vêtue de noir, d'une robe montante, sévère, sans ornements, elle produisait une impression bizarre, un peu effrayante ; elle était toute noire et blanche comme une image de deuil.

Elle salua sans sourire ; à ses pieds vint s'accroupir un grand garçon, maigre et blême comme un de ces Pierrots de chiffon qui commençaient à être à la mode ; il prit sa guitare et préluda doucement.

La femme chanta.

Dès les premières notes, Gabri sentit courir sur sa peau un frisson nerveux. La femme chantait sans bouger, d'une voix grave, traînante, déchirante. Gabri ne comprenait pas le sens des mots ; ils étaient pareils, sans doute, à toutes les paroles de toutes les chansons du monde, mais cette musique de fièvre et de rêve ne ressemblait à rien qu'elle eût entendu jusqu'à ce jour. Quand la Tzigane eut lancé son dernier cri, sauvage et profond, et quand on eut rallumé les lampes, personne ne dit rien, personne n'applaudit. Des hommes avaient les yeux pleins de larmes... Puis on battit des mains frénétiquement. Il y eut un brouhaha confus de chaises remuées, de conversations, de rires...

Génia se tourna vers Gabri :

— Ça vous plaît ? demanda-t-il à voix basse, avec une espèce d'anxiété.

Elle répondit lentement :

— Plaire... ce n'est pas le mot qu'il faut. Mais je crois que je n'oublierai jamais cette femme noire.

Il la regarda fixement, longuement, avec reconnaissance.

— Je suis heureux de vous avoir fait entendre cela. Il me semble presque, à présent, que vous comprenez ma langue.

— En effet, je la comprends, dit-elle.

On traînait sur l'estrade un grand piano à queue. Génia jeta un œil sur le programme.

— Partons, proposa-t-il, ça n'a plus d'intérêt maintenant ce qui va suivre.

La moitié de la salle se vidait. On n'était venu que pour entendre la grande femme sombre, une célèbre chanteuse d'autrefois. Génia vit que le vestibule était plein de monde et il dit :

— On va sortir par le jardin ; ce sera plus vite fait.

Il ouvrit une porte, et ils se trouvèrent dans le jardin. Il était vaste, mal entretenu, et tout envahi par les mauvaises herbes et les ronces.

Ils s'engagèrent dans un sentier, si étroit qu'une seule personne pouvait y marcher avec peine. Il fallait écarter des deux mains les arbustes bas qui s'agrippaient aux vêtements. Babette allait la première ; derrière elle venaient Gabri, puis Génia.

Il avait plu pendant le jour et cela sentait bon l'herbe mouillée. Une grosse goutte d'eau qui tremblait au bout d'une feuille tomba dans le cou de Gabri. Elle tressaillit et tourna la tête.

Tout à coup, Génia entoura des deux mains le visage de Gabri, le courba en arrière et baisa sa bouche, si fort et si doucement à la fois, qu'elle retint d'abord un cri et puis s'arrêta, défaillante.

Mais Babette criait :

— Dépêchons-nous, je crois qu'il pleut de nouveau…

Il la lâcha. Ils coururent jusqu'à la grille du jardin. Gabri tremblait, les jambes molles et la tête vide.

Un taxi les attendait. Ils montèrent. Babette parlait tout le temps, toute seule, et sa voix pointue, faussement puérile, agaçait comme un bruit de crécelle.

De temps en temps, d'un mouvement machinal, Gabri portait sa main à sa bouche qui brûlait, et un tressaillement confus montait du fond de sa chair, un frisson animal et divin.

Le comte fit arrêter le taxi au coin de la place d'Iéna. Gabri descendit vite. Génia demanda :

— Demain ?

Elle fit signe que oui et se sauva. Elle avait l'impression de marcher, de parler, d'agir dans une espèce de rêve trouble, dont elle ne savait pas elle-même s'il était douloureux ou doux.

Gabri se coucha. Ce fut une nuit étrange et qu'elle ne devait jamais oublier, fiévreuse, coupée de songes, un sommeil léger brusquement interrompu par un souvenir aigu comme une flèche. Dès qu'elle baissait les paupières, la tête blonde, si pâle dans l'incertaine clarté de la lune lui apparaissait de nouveau, et tout le temps, d'un geste charmé et soumis, sa main cherchait au coin des lèvres la place brûlée par le baiser avide.

4

Ce fut un singulier roman que le leur, sans un mot d'amour, sans un seul projet d'avenir. Gabri était trop sensée pour rêver à la possibilité d'épouser Génia ou de s'enfuir avec lui, pour imaginer enfin quelque solution à leur aventure. Elle voyait bien qu'il n'y en avait pas. Il était l'étranger, le passant ; il pouvait disparaître de sa vie aussi brusquement qu'il y était entré ; elle le savait. D'ailleurs, elle n'était même pas sûre de l'aimer. Elle n'était pas émue en se disant que, sans doute, il avait des maîtresses. Était-il malade, triste ? Cela l'irritait seulement s'il ne venait pas aux rendez-vous, ou s'il se montrait de mauvaise humeur, taciturne et maussade. Cependant, elle était captivée par lui, par la magie des premiers baisers, et parfois il lui semblait rouler sur un chemin en pente vers un but qu'elle ne voyait pas... qu'elle ne voulait pas voir.

Presque tous les jours ils se rencontraient. Il lui parlait, d'un ton amical et léger. Puis, tout à coup, il se taisait et, dans l'obscurité d'un taxi, dans l'ombre des petits salons de thé, il se jetait sur elle, il la serrait, il la broyait dans ses bras, lui meurtrissait la bouche de baisers furieux. Puis il restait là sans bouger, la tête appuyée contre le cœur qu'il entendait battre plus vite sous la robe légère, et il murmurait des mots d'une langue sauvage et douce qu'elle ne connaissait pas. Elle se blottissait dans sa chaleur, sans peur ni honte, comme un petit animal familier, et il goûtait aux lèvres neuves de cette enfant, un plaisir profond et subtil qu'aucune femme encore ne lui avait donné.

Un jour, comme ils avaient marché longtemps le long des Champs-Élysées, dans la clarté rose d'un crépuscule de mai, elle lui proposa de l'accompagner jusqu'à la rue Fontaine où il habitait. Ce jour-là, elle se sentait troublée d'un émoi extraordinaire, sensuel et tendre. Dans le taxi, ce fut elle qui lui tendit ses mains et ses lèvres. Depuis quelque temps, il paraissait nerveux, préoccupé ; plusieurs fois il n'était pas venu aux rendez-vous. Alors elle lui avait écrit de longues lettres, où elle s'était plainte de son isolement. Elle se disait « si seule, si seule » dans cette grande maison « où personne ne l'aimait », elle parlait de sa mère égoïste et indifférente, de son père taciturne. Et puis elle lui écrivait des mots d'amour qu'elle employait avec un cynisme ingénu. Dans toutes ses lettres, il y avait un peu de sincérité, et, surtout, beaucoup de littérature, d'artifice inconscient. Il revenait, mais toujours plus inquiet, plus silencieux, avec une sorte d'ardeur triste et passionnée.

Ce jour-là, il l'embrassa comme il ne l'avait jamais embrassée, et de se sentir panteler et défaillir sous ses lèvres, un orgueil nouveau, intense, envahit Gabri.

Quand ils furent descendus de voiture, ils trébuchèrent un moment, comme pris de vin.

La nuit était venue. Des bureaux, des magasins, des jeunes gens, des jeunes filles sortaient à la hâte. Sous chaque bec de gaz, un couple qui se retrouvait, la journée de travail terminée, s'embrassait silencieusement. Ils étaient tous tellement pareils qu'on eût cru voir une seule image reflétée en de fantastiques miroirs.

Génia entraîna Gabri.

— Viens chez moi, souffla-t-il d'une voix basse, ardente.

Elle se laissait faire comme dans un rêve trouble et délicieux. Il la porta presque, le long de l'escalier obscur.

Maintenant ils étaient debout, face à face, dans une petite chambre assombrie de tentures. Au-dessus d'un divan bas, Gabri vit briller la minuscule lampe rouge d'une icône, comme un rubis piqué dans une étoffe noire.

Génia sans parler baissait la tête. Elle le regarda et, tout à coup, elle eut un vif et brusque mouvement de recul, comme si, à la place du visage familier de Génia, elle eût aperçu celui d'un inconnu. Les yeux troubles, il ressemblait à une bête mauvaise prête à bondir. Subitement, toute la joie de Gabri, toute son allégresse impure, jusqu'à l'orgueil tout neuf de son pouvoir de femme, tout cela tomba. Elle comprit qu'elle était à la merci de cet étranger, de son désir, de sa brutalité. Elle eut peur, une peur abominable, instinctive. Et, elle cria affolée, les deux mains en avant, comme une petite fille qu'on frappe :

— Laissez-moi, laissez-moi, je veux partir, je veux m'en aller, laissez-moi.

Mais il l'attira par les poignets si brusquement qu'elle tomba sur sa poitrine ; la résistance inattendue de Gabri ne faisait que l'embraser davantage. Car elle se débattait, s'arc-boutait, hérissée, hurlante. Cet homme, à qui si souvent elle s'était abandonnée avec confiance, redevenait l'antique adversaire, le mâle. Elle griffa le blême visage penché sur elle, elle mordit la bouche avide.

Il souffla :

— Ne criez pas… c'est inutile, allez… D'abord personne ne viendra, et puis ce serait encore plus terrible pour vous… songez donc… Ma petite, ma petite… je vous désire tellement, si vous saviez… si vous saviez…

Elle eut peur du scandale, en effet, peur d'attirer du monde avec ses cris, d'être reconduite chez ses parents. Elle se tut.

Il la poussa vers le divan ; elle tomba ; il l'y maintenait d'une poigne nerveuse, la roulait comme une petite chose inanimée. Il y eut une longue lutte brutale, odieuse ; mais elle comprenait bien qu'il serait le plus fort. Elle finit par demeurer immobile, les bras abandonnés, les mains ouvertes, comme mise en croix. C'était quelque chose d'horrible, d'innommable, de douloureux, comme un cauchemar…

Puis, tout d'un coup, il se détacha d'elle et retomba comme une grappe mûre. Elle se dégagea, le regarda. Un dégoût pareil à une nausée lui souleva le cœur. Un seul instinct subsistait en elle, fuir. Machinalement elle se rajusta, prit son manteau, son chapeau. Génia fit un mouvement. Alors, affolée, elle bondit, bousculant une chaise au passage, ouvrit la porte, dégringola l'escalier, se précipita dans la rue comme hors d'une maison en flammes. Dehors seulement, elle s'arrêta, brisée.

Un taxi rasait le trottoir. Elle lui fit signe, monta, donna l'adresse machinalement ; puis, dès qu'elle fut assise, une sorte d'éblouissement la prit ; elle retomba en arrière à demie évanouie.

Peu à peu, pourtant, elle revint à elle, ranimée par le courant d'air. Elle passa plusieurs fois la main sur son front avec une sorte d'égarement, en murmurant :

— Mon Dieu, mon Dieu, que c'est laid, que c'est laid !

Rentrée chez elle, Gabri se traîna jusqu'à sa chambre et, immédiatement, se mit au lit. Elle avait besoin par-dessus tout de silence et de paix. Ses parents n'étaient pas à la maison. Très tard, elle entendit du bruit dans l'appartement. C'était sa mère qui rentrait. Et, tout à coup, une vision du passé surgit, si nette, qu'elle eut peur et qu'elle ouvrit dans l'ombre des yeux d'hallucinée. La nuit où Michette était morte, elle avait entendu, de même, le pas étouffé de sa mère qui rentrait, en chantonnant doucement selon son habitude. Il lui semblait qu'en elle aussi, quelque chose de précieux et d'étrange agonisait cette nuit... et, de même que Michette, elle était seule. Elle haït sa mère comme elle l'avait haïe la nuit de la mort. Elle la rendit responsable de tout. C'était sa faute ; pourquoi ne l'avait-elle pas gardée, protégée ? Cette horreur, cette saleté, elle ne l'eût jamais connue si sa mère avait été une vraie mère. Dans l'ombre, elle se mit à sangloter désespérément, mordant ses mains, ses draps, pour ne pas être entendue... Et elle répétait tout le temps, avec une sincérité puérile et tragique :

— Oh ! que je voudrais être morte ! mon Dieu, mon Dieu, faites-moi mourir...

Elle vécut les jours qui suivirent dans une espèce de prostration morne. Des heures entières, elle demeurait écroulée au fond d'un fauteuil, les yeux fixes et vagues, ressassant tout le temps le même souvenir.

Elle confondait dans la même rancune les dancings, son amitié avec Babette, qu'elle refusait de voir, qu'elle mit tout bonnement à la porte un jour… et surtout l'amour de Génia, cette brute : mais chaque fois elle pensait, avec la même haine sauvage : « C'est la faute de ma mère… c'est sa faute, à elle seulement… » Elle se rappelait ses rêves enfantins de vengeance ; elle les recommençait avec une volupté abominable. Oh ! se venger, venger Michette, faire souffrir à son tour cette femme égoïste et lâche ! Une fois, elle fit une rencontre qui exaspéra son ressentiment jusqu'à une sorte de désir frénétique de destruction. Elle avait fini par sortir. Elle n'avait pas fait deux pas dans la rue qu'elle se heurtait à Génia.

Il la prit par le bras :

— Reviens chez moi… Je te veux, Gabri… Je t'aime…

— Laissez-moi, balbutia-t-elle, les dents serrées, tremblante de colère et de frayeur, vous allez me laisser tranquille, vous entendez…

Mais il ne l'écoutait même pas. Il continuait :

— Dites-moi que je vous reverrai. Dites-moi que vous reviendrez… Je vous aime…

— Je ne reviendrai jamais, vous entendez, jamais.

— Prenez garde, Gabri, écoutez-moi. Vous ne me

connaissez pas. Je vous ferai du mal. Si jamais je vous vois avec un autre, je vous… je vous ferai garder, enfermer… Prenez bien garde…

Elle se dégagea et s'enfuit ; mais, derrière elle, elle entendit encore :

— Prenez garde, Gabri…

Elle devenait méchante comme une bête traquée ; un besoin de destruction déchaînait en elle une passion malfaisante.

Un soir…

C'était un soir de printemps si doux qu'on avait laissé entrouverte la fenêtre du salon. Francine jouait du piano. Dans la pièce, une seule lampe rose brillait. Gabri se tenait debout près de la croisée ; le vent apportait par bouffées l'odeur sucrée d'un buisson de seringa en fleur, épanoui dans un jardin voisin. Dehors, un globe électrique luisait comme une grosse lune rose et le profil fin de Gabri était tout nimbé d'une fantastique clarté pâle. Charles, une cigarette aux doigts, à demi couché sur le canapé, regardait la jeune fille. Enfin il dit :

— C'est curieux comme Gabri a grandi, ces derniers temps. Je n'avais jamais remarqué. C'est une jeune fille à présent… Quel âge as-tu donc au juste, Gabri ? Dix-huit ans, je crois ?

— Dix-sept, rectifia sèchement Francine.

Gabrielle sourit. Une idée singulière lui venait. Puis, comme sa mère jouait l'air absorbé, elle fit doucement le tour du piano et se rapprocha de Charles. Elle demanda :

— Qu'est-ce que tu as donc ? Tu es pâle…

Elle ne lui parlait presque jamais et, lui qui connaissait cette hostilité têtue d'enfant et qui en devinait les causes profondes, fut tout décontenancé par la caresse de sa voix.

— J'ai un peu mal à la tête, finit-il par répondre.

— Oh! pauvre petit.

Elle était debout derrière lui. Elle hésita un peu, puis posa sa main sur le front du jeune homme. Il se taisait, les yeux fermés. Elle le devina surpris, charmé par cette simple caresse, par son parfum et la blancheur de sa robe dans l'ombre. Alors elle voulut savoir davantage... Le cœur battant, comme un voleur qui fait un mauvais coup, elle se pencha sur lui brusquement; il sentit sur ses paupières baissées le chatouillement léger des cheveux de Gabri et puis, sur sa bouche, une bouche mouillée merveilleusement fraîche. Il fit «ah» comme un homme qui tombe dans l'eau, puis il soupira profondément, et Gabri vit luire dans l'ombre ses yeux fixes et brûlants.

Elle se redressa sans hâte, traversa le salon, revint à la fenêtre. Francine n'avait rien vu, rien deviné. Une joie mauvaise emplit la poitrine de Gabri. Elle sourit. Elle avait envie de crier à sa mère :

« La voilà, enfin, ma vengeance... Ce n'est pas plus malin que ça, va! »

5

Le lendemain, le surlendemain, toute la semaine, Charles, qui restait parfois quinze jours sans monter les quelques marches qui le séparaient de l'appartement de ses cousins, vint y dîner et y déjeuner régulièrement. Il rôdait autour de Gabri avec une mine alléchée et inquiète, qui amusait beaucoup la jeune fille. Naturellement, il commençait à penser que Gabri était peut-être amoureuse de lui depuis longtemps, et il en était flatté, ému, charmé. Aucun remords ne le troublait, ni aucune crainte, parce qu'il n'avait sur ses relations futures avec Gabri aucune idée précise. Il était tellement sûr de ne jamais l'aimer. Il ne se rendait pas compte à quel point il était désarmé devant cette petite fille. «Pauvre petite, pensait-il avec une pitié mêlée d'orgueil qui le remuait délicieusement, est-ce de moi que lui est venue sa première souffrance d'amour?»

Et il se rapprochait d'elle davantage avec une sympathie naissante caressante d'où naissait un singulier émoi confus et troublé.

Le manège dura pendant des semaines. Gabri y trouvait

de multiples et subtiles jouissances. Jouer à l'amour... Tenir entre ses deux mains les fils de cette grande poupée qu'on fait danser à sa guise. C'était un jeu féroce, un jeu exquis. Elle avait entrepris la conquête de Charles par calcul, par vengeance, pour mettre des larmes dans les durs yeux bleus de sa mère, ces yeux — elle le croyait du moins — qui n'avaient jamais pleuré, eux. Mais voilà qu'à présent le but disparaissait devant le plaisir passionnant de la course. Quant à Charles, il se laissait duper par elle comme un gamin. Elle était si candide, si naïve, si enfant, lui semblait-il. Francine s'apercevait naturellement des nouvelles façons de Gabri ; mais elle en était plutôt satisfaite que fâchée. Charles venait si souvent à la maison, à présent. Peut-être, à son âge, avait-il besoin d'un foyer, d'un enfant autour de lui ? Car Francine voyait toujours Gabri avec ce regard déformant des mères qui ne veulent pas vieillir ; pour elle, Gabri avait cessé de changer du jour où elle était devenue une jeune fille. L'idée même ne l'effleurait pas qu'un homme puisse embrasser sa fille autrement qu'avec une tendresse de grand frère.

Cependant, le jeu continuait. Charles, énervé, harcelé, commençait à se débattre contre un désir confus, inavouable. Il ressentait le même égarement qu'au début de sa passion pour Francine. Alors, rien ne l'avait arrêté dans son amour emporté, furieux comme une démence sauvage. C'était cela qui avait subjugué, maté Francine, et Gabri, qui ressemblait à sa mère plus qu'elle ne le pensait, se sentait, de même, étrangement soumise et domptée.

À présent, ils se rencontraient comme par hasard dans

l'escalier, dès que Gabri sortait. Il feignait l'étonnement, l'emmenait au Bois, au cinéma, lui faisait des cadeaux, tout cela sans se départir d'un ton de protection enjouée, paternelle. Seulement, d'un commun accord, ils se gardaient de souffler mot de tout cela à Francine. Francine, qui se torturait vainement l'esprit pour deviner où Charles passait ses journées, pourquoi il était si capricieux, tantôt tendre et doux comme si un remords secret le tourmentait, parfois méchant et cassant à plaisir. La trompait-il ? Et avec qui ? Et elle commençait à passer des nuits sans sommeil, à pleurer, à regretter, à se désespérer, à chercher dans le miroir, avidement, avec une horrible angoisse, les premiers cheveux blancs, les premières rides, à les farder, à s'embellir, à ravaler ses larmes, à gravir enfin le long calvaire des vieilles amoureuses.

Et cependant Gabri s'emparait, comme en se jouant, de lui, si vulnérable et aisé à garder ; à elle ce cœur d'homme paraissait si faible. Un matin, comme elle venait de rentrer d'une promenade avec Charles, la femme de chambre lui dit :

— Mademoiselle — elle chuchotait avec un air d'importance et de mystère —, mademoiselle, il y a un monsieur qui désire parler à mademoiselle… Que mademoiselle descende un moment… Ce monsieur attend dans la rue.

Gabri devina sans peine. Francine dormait encore. Elle eut peur d'un esclandre ; elle descendit.

Elle vit venir vers elle le grand garçon pâle, à la bouche trop rouge. Elle dit la première :

— Qu'est-ce que vous venez faire ici ? Vous ne

m'effrayez pas, vous savez, vous m'ennuyez seulement. Allez-vous-en…

Mais il paraissait très résolu avec des yeux étranges, vagues et fuyants. Il ne bougea pas.

— Je vous demande pardon, dit-il : je devais vous parler. Écoutez-moi. Je pars… je vais en Hollande, auprès du Grand-Duc qui me rappelle. Je ne reviendrai jamais.

Elle fit un mouvement. Il continua vite et bas :

— Je ne vous verrai plus jamais. Alors, Gabri, avant mon départ… encore une fois… une seule fois, dites, venez… Et après, je m'en irai, ce sera fini… une seule fois.

— Non.

— Gabri, je ne peux pas oublier ton petit corps… encore une fois, une seule, par pitié… une heure…

— Non.

— Mais pourquoi, pourquoi, Gabri ? On ne joue pas avec un homme comme avec une poupée. Et puis, je vous désire tant, si vous saviez… Pourquoi ne voulez-vous plus ?

— Parce que vous me dégoûtez, dit-elle doucement, d'une voix mesurée.

Il blêmit :

— Et ce grand garçon brun avec qui vous sortez tous les jours, en regardant bien soigneusement si les fenêtres de votre mère sont fermées, il ne vous dégoûte pas, lui ?

— Non.

— Gabri, je ne veux pas ; je ne veux pas qu'un autre vous ait…

— Vous croyez que vous pourrez l'empêcher ?

— Je crois, oui, dit-il d'un ton singulier.

109

Elle haussa les épaules, tellement il lui paraissait pitoyable. Puis elle dit nettement :

— Vous ne me faites pas peur, vous savez ? Bonsoir.

Et elle tourna les talons. Il redressa sa tête fine :

— Vous avez tort. Adieu.

Gabri remonta chez elle plus troublée qu'elle ne voulait l'avouer. Peut-être avait-elle eu tort de l'éconduire ainsi ? Il pouvait se venger. Mais comment ? Oh, il voulait l'effrayer… simplement… simplement… Et tout à coup elle sentit comme un petit pincement au cœur ; elle se rappela qu'elle lui avait écrit des lettres et quelles lettres ! Elle montait l'escalier lentement, tête basse. Est-ce qu'il était capable d'une pareille infamie ? Pourquoi pas, après tout ? Est-ce qu'elle le connaissait ? Un aventurier, un déclassé… Elle revit ses dangereux yeux pâles. Mais à quoi bon se tourmenter d'avance ? Elle verrait bien. Ses dix-sept ans chassèrent bien vite l'angoisse indéterminée que les paroles de Génia avaient fait naître en elle. À dix-sept ans on est plus fort que le monde entier.

Le lendemain, Charles et Gabri essayaient au Bois la nouvelle auto de Charles. C'était une matinée de printemps d'une douceur incomparable. Une brume légère, comme un fin brouillard doré voilait les maisons, les arbres et le peuple blanc des statues dans les jardins. La ville commençait à sentir le bitume surchauffé, la poussière et les jeunes roses. Le ciel était d'un bleu éclatant tout neuf, comme une immense pièce de soie déployée sans un pli d'ombre.

L'auto de Charles filait, docile, souple, le long des allées du Bois. Il y avait beaucoup de monde ; le bruit des moteurs, le galop des chevaux, des flonflons lointains d'orchestre étouffaient les chants des oiseaux dans les branches.

— On descend, commanda Gabri devant le Pré Catelan.

Ses joues brûlaient, fardées par le vent de la course.

Ils entrèrent dans la grande galerie pleine de soleil et de femmes en robes légères. Sur une estrade entourée de plantes vertes des musiciens accordaient leurs instruments ; au plafond, les ventilateurs énormes bourdonnaient comme de grosses guêpes captives.

Gabri et Charles s'installèrent près d'une des grandes baies vitrées. Le soleil ruisselait à travers les fenêtres, inondait de lumière les nappes d'un blanc cru et dur de linge trop neuf ; il faisait flamboyer les cristaux, étinceler un diamant sur une main nue ; il se réverbérait en taches aveuglantes sur les ventres d'argent des grands réchauds à roulettes, que les garçons promenaient de table en table. Et tout le parc, les arbres, les pelouses, le ciel, un if sombre, un arbuste de lilas chargé de lourdes grappes de fleurs, se reflétaient dans les glaces qui faisaient face aux larges baies et qui semblaient prolonger ainsi, par-delà les murs, le chaud éclat de ce beau jour de juin.

Charles commanda des boissons glacées et des fraises pour Gabri, qui venait d'en apercevoir alignées dans leurs paniers d'osier. Elle dit avec une convoitise enfantine :

— J'en voudrais... Tu veux bien m'en offrir, dis...

— Certainement, ma chérie, tout ce qui te plaira, se hâta-t-il de répondre.

Il la regardait dévorer joyeusement, en guise d'apéritif, ses fraises roulées dans du sucre et de la crème ; il oubliait que, la veille, il avait fait une scène épouvantable à Francine, parce qu'elle avait eu une fantaisie pareille qui lui semblait idiote. Aujourd'hui, il trouvait ce caprice charmant.

Gabri bavardait, racontant mille sottises coupées d'éclats de rire aigus ; on la regardait beaucoup ; elle était un peu grisée par les coups d'œil que les hommes lui jetaient, par le grand air, par le « sherry-gobler » glacé qu'elle buvait.

— Tu es un peu folle, dit Charles avec une indulgence amusée et tendre. Ne parle pas si fort, voyons ; tu es ivre, Dieu me pardonne ! Que dira petite mère ?

— C'est ça qui m'est égal, par exemple !

— Finis tes fraises et viens avec moi. On va se promener un peu avant de rentrer.

Il l'entraîna dehors. Le jardin était désert, comme ensommeillé, comme engourdi de torpeur heureuse. Gabri allait, venait, courait dans les allées sablées éclaboussées de lumière ; le vent tiède, tout chargé du parfum des lilas, agitait sur le sol de délicates ombres mouvantes. Parmi la verdure de petits lacs brillaient, sombres et secrets sous les saules.

Charles suivait Gabri docilement, le cœur empli d'un bonheur indéfinissable.

Elle revint vers lui d'un bond et lui prit la main.

— Courons un peu, veux-tu ?

Il lui dit en riant qu'elle avait l'âme d'une petite fille de six ans. Elle rit en haussant les épaules.

— Allons donc ! À six ans j'étais vieille, vieille... À présent seulement je sais que la vie est bonne malgré tout...

Et de nouveau, tenace, elle supplia :

— Courons un peu, veux-tu ? Tiens, jusqu'au buisson de lilas et nous volerons une branche.

— Tu sais bien que c'est défendu.

— Oh, que tu es bête, mon pauvre garçon ! ça ne fait rien, voyons !

— Non, ma chérie, je t'en achèterai tant que tu voudras.

Gabri le regarda avec commisération :

— Dieu, ce que tu es vieux ! c'est ça qui est amusant, voler et pas acheter... Viens, voyons, viens...

Il se défendait toujours en riant. Elle finit par l'entraîner de force ; l'air sentait le lilas si fort que la tête leur tournait un peu. Gabri avança la main. Charles, amusé, voulut la retenir ; ils luttèrent un instant avec des rires ; confusément Charles se rappelait sa propre adolescence, les grandes courses dans le « mas » familial, toute une vie libre et saine qu'il avait oubliée.

Peu à peu, pourtant, il devenait plus sérieux. Il s'irritait de ne pas pouvoir vaincre ce petit corps indocile, miraculeusement souple, qu'il courbait à son gré, mais qui se redressait aussitôt, gracieux et fort comme un fleuret de bonne trempe.

Elle finit par arracher une branche et, triomphante, elle le frappa plusieurs fois au visage avec les fleurs odorantes, fraîches et mouillées. Il la lâcha brusquement.

— Que tu es jeune, murmura-t-il, la voix plus grave, comme approfondie par un soudain regret ; que tu es jeune...

Elle eut un beau rire joyeux :

— Dame, j'ai dix-sept ans...

113

Il demeurait silencieux, charmé, indécis, inquiet. Dix-sept ans… Parfois les mots les plus simples, les plus quotidiens, prennent tout à coup une signification extraordinaire. Cette petite phrase l'éblouit comme si elle contenait tout le printemps.

Doucement il l'attira contre lui, la voix toute changée.

— Allons, donne-les-moi ces fleurs… que je les respire, que je les respire bien…

Il enfouit son visage brûlant dans le creux de l'épaule mince. Il se taisait, puis, enivré, étourdi par tout ce parfum, il se mit à l'embrasser sans trop savoir si c'était les fleurs ou les joues qu'il baisait.

Elle se laissait faire. Autour d'eux un peu de vent effeuilla des lilas. Puis il lui prit la bouche. Elle tressaillit au goût reconnu des lèvres d'homme. Mais il l'embrassait avec un émoi et une timidité extraordinaires. Elle lui paraissait fragile comme un oiseau. Il avait peur de la blesser en fouillant trop avidement ses lèvres. Tout son grand corps d'homme tremblait.

Puis ils se délièrent et demeurèrent un long moment sans parler, pâles et pleins de trouble, presque craintifs, presque atterrés, muets comme si un miracle venait de s'accomplir.

QUATRIÈME PARTIE

1

Ce matin-là, Francine, levée tard selon son habitude, flânait dans son cabinet de toilette, lorsque la femme de chambre entra avec une lettre.

— On attend une réponse ? demanda Francine, en voyant que l'enveloppe ne portait pas de timbre.

— Non, madame, un monsieur l'a apportée et, tout de suite, il est parti. Mais il a bien recommandé de la remettre à madame personnellement.

Francine regarda avec un peu de défiance l'écriture inconnue, puis elle ouvrit la lettre en pensant :

— Une note de fournisseur probablement... à moins que... une lettre anonyme...

Elle en avait déjà reçu bon nombre ; cela ne la troublait jamais outre mesure. Mais non, ce n'était qu'une carte de visite accompagnée de deux feuillets bleus, recouverts de griffonnages qu'il lui semblait vaguement reconnaître.

Tout d'abord elle jeta un coup d'œil sur la carte.

Elle lut : *Comte Nikitof,* et, en bas, d'une grande écriture nette : *Professional Dancer, Tilbury's, 21, place Pigalle.*

Une réclame peut-être ?

Mais au dos de la carte elle lut :

« Madame,

« Je crois de mon devoir de vous remettre les quelques billets que Mademoiselle votre fille m'a fait l'honneur de m'adresser. J'estime qu'il vous sera, sinon agréable, du moins utile de les parcourir ; je me permets même, à ce sujet, de vous conseiller de modifier légèrement le système d'éducation de Mlle Gabrielle.

« Croyez, madame, à tout mon respect.

« Comte Nikitof »

Des doigts de Francine subitement glacés la lettre s'échappa, glissa sur le tapis. Une stupeur sans nom la clouait sur place. Gabri... Voyons, ce n'était pas possible... Elle rêvait... Gabri... et cet homme, cet inconnu... Qu'est-ce que sa fille, Sa Fille, pouvait bien avoir de commun avec le Professional Dancer du Tilbury's ?

Elle s'aperçut que la femme de chambre la regardait curieusement. Elle eut un geste brusque.

— Laissez-moi. Je vous rappellerai.

Restée seule, elle ramassa les lettres jointes à la carte. Oui, c'était bien l'écriture de Gabri, la même qui, chaque été, traçait sur du papier pareil de brèves phrases qui ne variaient presque pas dans leur correction froide : « Je vais bien. Il fait beau. Je t'embrasse. Gabrielle. »

Anéantie, Francine lut, et les mots dansaient devant ses

yeux : « Mon chéri… Vos lèvres… Le baiser trop tendre que vous m'avez appris. » Puis plus loin : « Vos bras qui me serrent si fort qu'ils font mal et bon en même temps. » Puis encore : « Je suis tellement seule, si vous saviez, tellement seule. » Et : « Je m'ennuie… Oh, les mornes corvées que ces soirées de famille… Le silence de tous ces gens-là — mon père, ma mère pourtant —, de tous ces forçats de la vie commune… Comme ils me sont étrangers… » Et puis : « Je voudrais m'en aller, n'importe où pourvu que ce soit loin d'eux tous… » Et encore « Vos lèvres… votre parfum… vos mains… votre caresse… » toute une brûlante et naïve litanie amoureuse entrecoupée de lamentations puériles et désespérées : « Je suis si seule, si seule… Je voudrais m'en aller… »

Francine dut s'accouder à un meuble pour ne pas tomber. Il lui semblait qu'elle venait de recevoir sur la nuque un grand coup de massue, et, en même temps, elle éprouvait un sentiment affreux d'irréel ; elle avait envie de crier, comme dans un pesant cauchemar : « Voyons, voyons, mais je rêve, ce n'est qu'un rêve… »

Elle s'écroula dans un fauteuil, la tête entre ses mains, la gorge sèche, les tempes battantes, répétant avec une angoisse horrible, comme le matin où Michette était morte : « Ma fille, mon Dieu, mon Dieu, ma fille… » Et vraiment ce qu'elle ressentait surtout, comme alors, c'était une immense stupeur accablée.

Francine n'avait jamais songé à observer Gabri ; elle n'avait jamais essayé de comprendre ses rêves, ses désirs, ses chagrins. Elle ne la connaissait pas. Quand l'enfant est petit, on se forge une image idéale de ce qu'il sera plus tard, et cette image, comme un masque, dissimule sa véritable figure qu'on ne connaîtra jamais. Pour Francine, Gabri était, devait être une petite fille ignorante et pure. Voyons ? Élevée comme elle l'avait été ces dernières années, abritée de tous les dangers, de tous les contacts… car, avant, naturellement, avant la fortune et les institutrices, c'était un bébé qui ne voyait rien, ne comprenait rien. Depuis elle l'avait laissée très libre, certes, mais c'était parce qu'elle avait eu confiance en elle, simplement. Elle avait fait son devoir, tout son devoir, elle n'était coupable de rien…

Et stupéfaite, atterrée, anéantie, elle ne concevait pas pourquoi elle souffrait ainsi, ni comment tout cela avait pu se produire à son insu. Mais, peu à peu, du chaos de pensées où elle se débattait, certains souvenirs surgirent, confus d'abord, puis singulièrement précis. Elle se rappela certaines expressions du visage de sa fille, certains sourires ambigus, certains regards… La physionomie humaine est faite ainsi de mille petits riens à peine perceptibles, excessivement subtils et ténus, absolument insignifiants, ou bien, au contraire, d'une clarté qui aveugle, selon qu'on les regarde avec indifférence ou qu'on les observe avec passion. Pour la première fois de sa vie, Francine se mit à chercher âprement l'âme tapie au fond de cette chair sortie de la sienne. Mais elle ne vit qu'incertitudes et que ténèbres.

— Mon Dieu, dit-elle tout à coup tout haut, comme si elle s'adressait à un interlocuteur invisible, mon Dieu, mais c'est une chose affreuse…

Ce n'était pas la faute de Gabri qu'elle soupçonnait pourtant, qui la désespérait ainsi, car les femmes ont pour tout ce qui touche à l'amour des indulgences secrètes, infinies, inattendues d'elles-mêmes. Non, ce qui torturait Francine, c'était le pouvoir de dissimulation de Gabri, c'était sa double vie louche, quoiqu'il y eût assurément quelque chose de tristement comique dans cette horreur soudaine du mensonge en Francine, qui trompait son mari depuis des années, presque sous ses yeux, sans l'ombre gênante d'un remords.

Machinalement elle relut les lettres ; maintenant ce n'étaient plus les paroles amoureuses qui la blessaient. Elle lut : « … si seule, si seule dans cette grande maison où personne ne m'aime… » et elle cria : « Oh » indignée, stupéfaite, comme cinglée par un soufflet brutal. Gabri se trouvait malheureuse ! L'abominable petite ingrate ! Cette enfant gâtée, habillée comme une princesse, dépensant sans compter… Elle se rappelait, suffoquée, sa propre adolescence, l'arrière-boutique où elle était née, la petite ville détestée, l'économie sordide… Et Gabri qui osait se plaindre ! Une colère aveugle l'envahissait, une fureur telle que ses dents s'entrechoquaient et que ses mains tremblaient, la rage des femmes du peuple, qui crève en injures et en coups.

Se levant d'un bond, elle courut chez Gabri, poussa la porte avec violence et s'arrêta tout à coup sur le seuil, interdite. Le silence, la paix de cette chambre vide — Gabri n'était pas encore rentrée —, avait quelque chose de narquois, d'inquiétant.

Francine avança, plus doucement.

Avec attention, comme si elle les voyait pour la première fois, elle regarda le lit étroit, virginal, laqué de blanc sous le crucifix de la première communion, les meubles aux étoffes claires, les mille brimborions innocents. Machinalement, l'esprit ailleurs, elle s'approcha du bureau. Quelques livres étaient rangés dans le fond. Elle les prit, les mania, lut leurs titres avec une sorte de méfiance instinctive : *Paul et Virginie, Mon Oncle et mon Curé, L'Abbé Constantin*, mais tout à coup elle tressaillit et demeura stupide : ce qui se dissimulait sous les couvertures, c'étaient d'infâmes romans illustrés avec, en première page, les mots *Hambourg, À fond de cale.*

Longtemps Francine demeura immobile ; sa colère même était tombée ; de grosses larmes gonflaient ses paupières et coulaient, lourdes et rondes, le long de ses joues. Mais elle ne songeait pas à les essuyer. Elle oubliait, pour la première fois de sa vie peut-être, que le chagrin vieillit et abîme la figure.

2

Ce fut ainsi que Gabri trouva sa mère un peu plus tard quand elle rentra.

— Petit mère ! Toi !

Debout devant Francine, elle regardait, stupéfaite, le visage convulsé où les larmes coulaient, se mêlant au fard. La première idée qui lui vint fut qu'un malheur était arrivé à Bragance.

Elle cria, avec une horrible angoisse qui lui tordait le cœur :

— Papa ?

Francine retrouva tout à coup la voix pour clamer :

— Papa ! Papa ! Ah, je te conseille de parler de lui ! Il sera content, quand il saura, quand il apprendra... Car il saura tout, je te le jure, petite malheureuse, petite saleté... petite... petite...

Elle bégayait de fureur et criait. Sa voix glapissante faisait tinter les pendeloques de cristal du lustre.

Elle montra les lettres :

— Tiens, regarde, regarde ça, et puis ça... Regarde. Ah ! tu me feras mourir, misérable enfant ! Comment as-tu osé ?

C'est ton amant? Mais comment as-tu pu? Mais je te ferai enfermer, je t'enverrai dans un couvent, tu entends? Malheureuse! Une fille perdue! Ma fille... Mais tu me feras mourir!

Elle secouait de toutes ses forces les minces épaules. Gabri, un peu pâle, absolument immobile, fixait, comme une somnambule, le visage défait, blanc de rage. Mais comme Francine hurlait:

— C'est ton amant! C'est ton amant!

Elle se dégagea d'un mouvement brusque:

— D'abord, ce n'est pas la peine de crier comme ça...

— Est-ce que tu vas m'apprendre à te parler?

— Si tu tiens à ce que tous les domestiques viennent écouter aux portes.

Et elle affirma avec impudence:

— D'ailleurs, je n'ai pas d'amant.

— Tu mens.

— Non, dit Gabri, car, dans ses lettres qu'elle avait reconnues, elle savait bien qu'il n'y avait rien qui l'accusât formellement. Non.

— Mais alors, veux-tu me dire qui est cet homme que tu embrassais, que tu rencontrais à mon insu? Veux-tu me le dire?

Gabri, impatientée, haussa les épaules:

— Tu tiens à la main sa carte de visite.

— Où l'as-tu rencontré?

Pas de réponse:

— Gabri!

Gabri répliqua d'une voix douce:

— Oh, ce serait beaucoup trop long à t'expliquer, petite mère…

— Tu te moques de moi ?

— Pas le moins du monde.

— Tu es allée te jeter dans les bras d'un inconnu, d'un aventurier, car c'est sûrement…

Gabri l'interrompit :

— Oh, je t'accorde volontiers tout cela. Mon Dieu, oui, je l'ai fait.

— Pourquoi ?

Les inflexions faubouriennes, oubliées depuis de longues années, remontèrent subitement aux lèvres de la jeune fille.

— Parce que ça me faisait plaisir, tiens.

— Mais tu n'as donc ni dignité, ni pudeur, ni principes !

— Mon Dieu, non, je ne crois pas. Où les aurais-je pris, je me le demande !

Francine tressaillit ; elle resta un moment silencieuse. Puis, beaucoup plus doucement, elle demanda :

— Gabri… Je t'en supplie ? Dis-moi tout.

Alors, Gabri dit à peu près tout ce qui s'était passé, toute la trouble histoire des derniers mois : Babette, les dancings, Génia, les rendez-vous, les baisers et même la chambre sombre où elle était allée une fois. Seulement elle jura qu'elle s'était défendue, et Francine la crut. Gabri parlait lentement, détaillant son récit avec une espèce de plaisir cruel. Puis elle acheva, en plantant ses yeux dans ceux de sa mère :

— Au fond, qu'est-ce que j'ai donc fait de mal… Je m'ennuyais… Tu me laisses tout le temps seule. Toi, tu t'amuses, n'est-ce pas, à ta façon, je ne te demande pas laquelle, glissa-t-elle avec une obscure menace dans la voix : eh bien ! moi aussi… Pourquoi veux-tu que je sois meilleure que toi, ma mère ?

— Gabri, tu ne comprends même pas que ce que tu as fait est mal ?

Gabri haussa les épaules, et elle murmura doucement, les yeux vagues :

— Qu'est-ce qui est mal ? Qu'est-ce qui est bien ? Je t'assure que je ne sais pas. Personne ne me l'a jamais appris.

Puis, elle recommença :

— Personne ne le sait, n'est-ce pas ? Alors ? ça ne m'empêchera pas de me marier, va, je m'en charge. Je ne te resterai pas sur les bras comme un extrait de naissance vivant, sois tranquille…

Francine, d'un mouvement spontané, posa les deux mains sur les épaules de sa fille et, s'efforçant de l'attirer vers elle :

— Gabri, dit-elle lentement, tu m'épouvantes. Comprends donc que je te reproche moins ce que tu as fait… avec… avec cet homme (il y avait malgré tout dans sa voix une sorte de souffrance) que tes mensonges. Ce qui est affreux, c'est cette horrible pensée que tous tes mots, tous tes gestes mentaient.

Gabri répéta, butée :

— Personne ne m'a appris qu'il fallait dire la vérité…

Un frémissement de colère passa sur les traits de Francine, mais elle se contint :

— Moi qui avais en toi une telle confiance !

— Tu avais tort. Il ne faut jamais avoir confiance en ceux que l'on ne connaît pas.

— Gabri !

La petite, montée, continua :

— Car tu ne me connais pas. Tu n'as jamais essayé de me connaître. Rappelle-toi, rappelle-toi. Depuis que je suis au monde, avons-nous jamais échangé des paroles de tendresse, de confiance ? Ah, si je voulais faire le compte de tous les mots que tu m'as dits depuis que je suis née, ça serait vite fait, va… « Bonjour, bonsoir… Laisse-moi tranquille, j'ai mal à la tête. » Ah, et puis : « Ne m'embrasse pas, tu vas m'enlever ma poudre… »

Francine jeta les mains en avant comme si on la frappait.

— Gabri, Gabri, balbutia-t-elle, et les larmes roulaient le long de son visage douloureux. Oh ! comme tu me fais mal. Je vois à présent, je comprends… tu me détestes… Je vois bien que tu me détestes…

Gabri baissa le front sans répondre ; une singulière lâcheté lui fermait la bouche.

— Non, dit-elle enfin très bas, je ne te déteste pas, mais… mais je ne t'aime pas non plus. Je pense d'ailleurs que ça t'est bien égal.

Une amertume profonde altérait sa voix.

— Oui, ça doit t'être bien égal. On ne tient pas à l'amour de ceux qu'on n'aime pas… ou, alors, ça serait trop… trop de toupet… pardon, d'inconscience… Tu ne m'as jamais aimée… Tu m'as laissée vivre tout bonnement, comme tu as laissé mourir Michette. Tu te rappelles ? Car, tu le sais bien que, si tu avais fait ton devoir de mère, Michette vivrait encore, et moi, moi, je ne te dirais pas tout ce que je te dis aujourd'hui, que je suis presque heureuse de te dire, tellement il y a d'années que ça m'étouffe... Oui, tu n'as jamais cherché que ton bonheur à toi, ton plaisir... Égoïste... Tu nous délaissais pendant des journées entières. Nous mourions de faim quand la bonne s'en allait et oubliait de préparer le dîner. Nous manquions de linge... nos souliers éculés, nos bas troués... et tes peignoirs de dentelle, tes bas de soie, tes belles robes... Michette est morte parce qu'au lieu de la garder, de la surveiller, tu...

Elle s'interrompit, soupira, puis reprit plus doucement :

— Enfin, tant mieux pour toi si tu as pu oublier sa pauvre petite figure. Moi, je ne l'ai jamais oubliée, ni sa pauvre petite voix brisée qui appelait en vain : « Petite mère, petite mère » sans que tu viennes. Moi ? Ah, oui, moi j'ai eu des professeurs, des institutrices, n'est-ce pas ? que tu as payés très cher. Alors, n'est-ce pas, je ne peux rien te reprocher, rien ? Tu as fait tout ton devoir, tout ton devoir. Seulement Michette est morte... et moi... souvent j'ai désiré être morte aussi. Et à présent tu voudrais que je t'aime ? Ah, non, tout de même ! Donnant, donnant... Récolte ce que tu as semé...

— Mais je t'ai aimée, murmura Francine, et elle était humble comme une coupable : Je t'ai aimée...

— Toi, allons donc ! Tu n'as jamais aimé que toi-même.

Francine saisit brusquement les deux mains de Gabri :

— Ma petite, ma petite, écoute, ce n'est pas ma faute. Je te jure que je vous ai aimées, toi et ma pauvre petite

Michette… Je… je ne savais pas… Je te jure que je n'ai jamais pensé… je n'ai jamais pu penser que vous étiez malheureuses. Crois-moi, mon enfant. Comprends-moi. Je t'ai aimée. Je t'aime… Hélas! tu m'as dit tant de paroles méchantes, blessantes, tu m'as fait mal… et, cependant, regarde, je ne t'en veux pas. Je te demande pardon… Pardonne-moi, mon enfant…

Elle était sincère. Pour la première fois, elle sentait qu'elle aimait Gabri, parce que pour la première fois elle souffrait à cause d'elle. L'amour, souvent, comme une blessure, ne se révèle que par la souffrance. Gabri le comprenait obscurément, et une émotion singulière la troublait, qui venait des profondeurs mystérieuses de l'être, où les sentiments germent, si confus, si irraisonnés, qu'ils semblent prendre racine dans la chair même. Mais, de toutes ses forces, elle se raidissait contre cette pitié qu'elle jugeait absurde et, comme sa mère répétait :

— Pardonne-moi si je t'ai fait mal…

Elle répondit avec colère et douleur, une douleur bizarre, subtile, inavouable :

— Je te pardonnerais plus facilement ta négligence, ton indifférence, tout plutôt que…

Francine balbutia :

— Qu'est-ce que tu veux dire ?

— Ne me demande pas.

— Si, je veux, je veux savoir.

— Eh bien, ce sont des choses… des choses dans ta vie que je connais et qui t'enlèvent le droit de me juger ou de me blâmer quoi que je fasse, tu entends ? quoi que je fasse…

— Mais quoi donc? répéta Francine machinalement, et Gabri remarqua que ses yeux se détournaient comme malgré elle et qu'elle pâlissait davantage.

Alors, elle jeta comme une pierre :

— Charles.

Francine ne songea même pas à nier. Écrasée, elle murmura :

— Tu sais ?

— Je sais. Pis que cela. J'ai vu. Je vous ai vus une fois, toi et lui. Il dormait et toi, tu étais debout devant le lit et… Oh, quelle saleté ! J'ai vu, je te dis, vu…

Et tout à coup Gabri s'aperçut qu'une vague de sang envahissait le visage de sa mère, l'empourprait depuis la naissance du front jusqu'au cou. Interdite, elle se tut.

Francine cacha sa figure dans ses mains et ce geste, ce silence émurent Gabri plus que n'importe quelles paroles.

D'un mouvement spontané, Gabri courut vers elle, écarta ses mains.

— Écoute, balbutia-t-elle, je… j'ai tort… je me mêle de ce qui ne me regarde pas, après tout. Seulement, que veux-tu ? Tu as voulu savoir pourquoi je supporte malaisément de ta part certains reproches… Alors j'ai dit… Je ne savais pas que ça te ferait tant de peine… Mais que veux-tu ? À présent tout cela a moins d'importance. Je ne suis plus une enfant. Je n'ai plus besoin de soins, ni de tendresse. Laisse-moi vivre à ma guise. Et moi, je ne te jugerai pas. À quoi bon nous tourmenter inutilement ?

Francine hocha tristement la tête.

— Non, je ne veux pas de ce marché. Je veux que tu me comprennes.

Gabri l'interrompit :

— Je t'en prie, ne me dis rien. Tu ne peux pas t'imaginer à quel point cette discussion m'est étrange et pénible...

— Eh bien, et à moi donc, Gabri ?

De nouveau sa voix lasse remua dans le cœur de Gabri des fibres inconnues d'elle-même. Elle se tut.

— Il faut que tu m'écoutes, murmura Francine. Je ne peux pas te laisser me juger ainsi. C'est trop horrible, trop injuste. Qu'est-ce que tu veux ? Peut-être je n'ai pas su être une bonne mère. Oui, je n'ai pas su. Il y a des femmes, Gabri, qui ne sont pas faites pour ça, ce n'est pas ma faute. Mais tu as raison... et j'ai peur que, comme mère et comme fille, nous ne nous comprendrons jamais... Mais si tu veux, si tu peux, oublie que je suis ta mère. Je vais te parler comme à une femme simplement, comme à une amie... Puisque je n'ai pas su te donner la protection que je te devais, la tendresse... tu me l'as fait comprendre bien cruellement... laisse-moi du moins te donner à présent tout ce que je puis te donner, ma confiance... et... aie pitié de moi... J'en ai besoin, moi, Gabri... Je ne suis pas heureuse non plus... Je suis seule comme toi, plus que toi. Tu me reproches Charles... Mais je l'aime... Tu ne sais pas ce que c'est encore... C'est terrible. Je vais tâcher de t'expliquer... C'est presque mon enfant... Hélas ! ma pauvre petite, pour lui, le premier, je me suis sentie un cœur, un dévouement, une tendresse de mère... Ne m'en veux pas. C'est le dernier amour, tu ne peux pas

131

comprendre. Et il me fait tant souffrir, tant souffrir, qu'il me semble qu'à cause de cela seulement, il faudrait me pardonner. Gabri, je suis si malheureuse... Veux-tu être pour moi... une amie? Veux-tu que je te laisse voir toutes ces choses qui m'étouffent? Je suis ta mère, c'est entendu, mais je suis aussi une pauvre femme toute seule. Console-moi, moi qui n'ai pas su te protéger. Et puis laisse-moi l'aimer encore un petit peu, encore un tout petit peu, ne sois pas jalouse, va... Ce n'est plus pour longtemps maintenant. Je te reviendrai bientôt, je serai vieille, et seule, et je n'aurai plus que toi au monde...

Elle disait tout cela avec des paroles malhabiles, humbles, hachées de sanglots; et une pitié immense, un immense remords emplissaient le cœur de Gabri. Elle pensait à ce qu'elle avait fait, le matin même, aux baisers de Charles, à cette vengeance monstrueuse qui frappait si douloureusement ce cœur déjà meurtri. Elle était comme une enfant qui, en jouant avec un couteau, a tué. Mais est-ce qu'elle savait? est-ce qu'elle pouvait soupçonner que « petite mère » était capable, elle aussi, de souffrir autant qu'elle, plus qu'elle?

Comme la vie était dure et compliquée, mon Dieu.

Elle s'approcha, s'agenouilla, prit dans les siennes les mains mouillées de larmes, et elle murmura tendrement, maternellement :

— Allons, ce n'est rien, ce n'est rien, petite mère. Nous serons amies. Je te promets, je te le jure. Et il faut laisser ces mauvaises idées de vieillesse et d'abandon. Tu es belle, tu es jeune. Ne pleure pas, va, ne pleure pas. Ne me demande pas pardon. Je n'ai rien à te pardonner. Embrasse-moi.

Et, pour la première fois de sa vie, Gabri put demeurer ainsi sans parler, le front enfoui dans le creux de l'épaule maternelle. Un apaisement, un allégement délicieux l'envahissaient. Il lui semblait qu'une monstrueuse poche de fiel, grossie pendant des années et des années dans son âme, venait de crever brusquement... Et c'était si nouveau, si doux...

3

Dans la petite âme violente de Gabri, l'amour filial s'épanouit brusquement, tardivement, mais avec une force étrange.

Pourtant la douceur, la paix qu'elle avait goûtées une fois, une seule, dans les bras de sa mère, il ne lui arriva plus de les ressentir.

Au contraire, mille tourments indéfinis, confus, rongeaient son cœur : surtout, elle se rendait compte que ses relations avec Francine étaient anormales et cela lui causait une gêne intolérable, singulière. En effet, il lui semblait qu'elle était devenue l'aînée, la protectrice, et Francine l'enfant, une enfant touchante et tyrannique. À présent, Francine ne pouvait plus se passer de sa fille. Elle qui, autrefois, ne savait que dire à sa fille dès qu'elle restait un moment seule avec elle, elle passait des soirées entières à lui parler, et cela finissait toujours par des allusions à peine voilées à Charles. Elle était à ce point obsédée par lui qu'instinctivement elle ramenait toutes les conversations à son nom. C'était un peu comique et amer, à la fois impudent et naïf, cette anxiété éternelle, ce désir de prononcer ces deux syllabes qui contenaient pour elle tout l'univers, et qui lui faisaient oublier de bonne foi que c'était à une enfant — son enfant — qu'elle parlait. Et Gabri en souffrait d'une douleur bizarre, mêlée de honte. Mais elle n'osait pas se dérober à ces confidences, comprenant que sa mère y trouvait une consolation et un apaisement. Le soir, quand Gabri était couchée, sa mère venait frapper doucement à la porte :

— Tu dors ?

— Non, pas encore.

Francine entrait, s'asseyait au bord du lit, se taisait, puis soupirait :

— Qu'est-ce que tu as ? demandait Gabri presque malgré elle ; mais elle sentait bien qu'elle serait forcée à la fin de prononcer cette petite phrase que sa mère attendait.

Alors Francine commençait. C'étaient toujours les mêmes plaintes : Charles ne l'aimait plus. Il la trompait sans doute. Elle souffrait. Et parfois elle disait : « Songe donc, il y a si longtemps, si longtemps, il me semble quelquefois que c'est lui qui est mon mari. » Cependant Bragance, qui avait peiné tout le jour pour lui gagner encore quelques bijoux, encore quelques robes, dormait dans la chambre voisine. Gabri, en prêtant l'oreille, entendait dans le silence de la maison sa toux nerveuse de fumeur. Elle avait envie de sourire, et son cœur se serrait cependant. Mais elle n'avait pas la force d'en vouloir à sa mère. Elle commençait à éprouver envers cette inconsciente une espèce de lâche indulgence, comme celle d'une mère dont l'enfant a mal

agi. Et parfois elle pensait : « Comment pourrais-je la juger ?
Est-ce que je ne lui ressemble pas ? »

Francine disait :

— Si tu savais... Je ne sais plus comment je vis. Les
journées sont longues, longues... Tu ne peux pas comprendre ça, à ton âge. Mais c'est affreux, si tu savais, cette
sensation de vide dans l'existence... Quand il refuse de me
voir — et ça arrive souvent, tu sais ? — je tâche d'oublier,
de m'étourdir. Je sors, je vais par les rues. Je vais dans les
magasins, je commande des robes, je les essaye. Avant,
j'aimais tout ça ! Mais, à présent, on dirait qu'il y a au fond
de mon cœur une question, toujours la même, et plantée là
comme un clou : « À quoi bon ? Pour qui ? »

Elle se taisait et tordait ses mains du geste un peu théâtral qui lui était habituel ; sa figure démaquillée, qu'elle
oubliait de surveiller, de tendre, s'affaissait, ravagée, lasse,
les yeux lourds, la bouche tombante. Gabri, machinalement, cherchait du regard une photographie de petite
mère sur la cheminée qu'elle avait dévisagée souvent,
quand elle était petite avec une rancune féroce. Petite mère,
en toilette de bal, les épaules nues, avec son sourire naïf
et triomphant qui semblait dire : « Regardez-moi ! N'est-ce
pas que je suis belle ? Et si vous saviez comme ça me fait
plaisir ! »

Et ses yeux, que si longtemps Gabri avait jugés froids
et durs, ils étaient vides simplement, et, sous ce front
qu'elle avait cru empli de pensées mauvaises, perverses,
il n'y avait que la préoccupation de rester fine, et mince,
et de sourire au photographe. Comme elle l'avait haïe,

pourtant! Combien de fois elle avait imaginé, avec une âpre et morose délectation, le jour où petite mère serait vieille, enfin, et laide, et seule à son tour... Elle avait rêvé à sa première ride, à son premier cheveu blanc, et toujours cela l'avait apaisée. Elle savait que la main sournoise et sûre du temps la vengerait et vengerait Michette. Et voilà qu'à présent cette déchéance l'atterrait. Elle était remuée de pitié, d'une singulière et poignante souffrance. Elle aurait voulu lui faire cadeau de sa jeunesse, de sa grâce, de la puissance de ses dix-sept ans, comme elle aurait voulu donner de son sang à une malade...

Mais parfois Francine disait :

— Mais jamais il ne pourra me quitter, voyons! Il m'a trop aimée. Jamais personne n'aura eu de lui ce que j'ai eu, moi. Tout son amour, ses vingt ans... Tiens, il me semble parfois que je ne suis pas jalouse de celle qu'il aimera après moi... ce n'est pas la peine. Il ne pourra pas lui donner ce qu'il m'a donné.

Elle se taisait, et Gabri laissait retomber sa tête sur l'oreiller avec un bref et douloureux soupir. Francine demandait doucement :

— Tu es fatiguée ?

— Un peu.

Francine se penchait ; ses mains malhabiles faisaient le geste de border le lit, puis elle effleurait d'un baiser les paupières de sa fille. Elle s'en allait, et Gabri, restée seule, écoutait sourdre au fond de son cœur une angoisse affreuse dont elle se refusait à reconnaître le nom, une douleur qui ressemblait à un mal physique, qui grandissait, s'amplifiait, l'étouffait comme un flot de sang qui monte à la gorge. Elle se débattait comme on lutte contre la maladie, les dents serrées, moite, et les ongles labourant le drap.

Elle s'endormait enfin, et toute la nuit, la figure de Charles venait la hanter.

Aussitôt après son explication avec sa mère, Gabri avait résolu de mettre fin à son jeu dangereux et cruel. La décision en avait été aussi prompte, aussi irraisonnée que le sentiment qui vous empêche de tuer, de voler, mais elle souffrait et cela l'étonnait et l'humiliait à la fois.

D'abord elle avait songé à raconter tout à Charles, puis, à la réflexion, elle n'avait pas osé. Elle avait honte de dévoiler ainsi devant lui l'âme de sa mère. Elle avait jugé suffisant de l'éviter, de fuir toutes les occasions de se trouver seule avec lui. Et tout d'abord, Charles n'avait pas tenté de se rapprocher d'elle ; il avait compris enfin où l'entraînerait cette passion pour la fille de sa maîtresse. Il torturait Francine avec ses silences, ses bouderies, ses froideurs, mais tout de même il éprouvait envers elle une sorte de pitié. Jamais il n'aurait osé lui dire en face la vérité. Pendant quelque temps il la fuit, puis, comme avant, il finit par retomber, par lâcheté, par lassitude, dans ses bras et, chaque fois, cela avivait en lui, pour l'enfant qu'il ne pouvait pas posséder, un furieux et tendre désir.

Francine s'imaginait qu'il était plus sûr d'attacher son amant par les chaînes quasi conjugales de l'habitude que par les liens de la chair. Elle voulait qu'il passât ses soirées avec elle, qu'elle le vît en face d'elle pendant les repas. D'abord, Charles refusa ; il comprenait que le seul moyen d'échapper à son désir était de ne pas voir Gabri ; mais Francine le harcelait, le suppliait, l'accablait de reproches, de supplications et de larmes ; le souvenir de Gabri le brûlait. « Le sort s'en mêle décidément », pensait-il avec une sorte de rage. Peu à peu il reprit les habitudes anciennes, et son amour recommença à croître. Une fois, comme ils étaient seuls, il saisit Gabri à pleins bras, mordit sa joue, le coin de sa bouche. Elle résolut de ne plus le voir. Dès qu'il venait, elle se disait souffrante et montait dans sa chambre, d'où elle ne bougeait plus jusqu'à ce qu'il partît. Mais, dès que Charles eut compris qu'elle lui échappait, la mauvaise obstination du mâle, cette espèce de brutalité qui le fait, comme un chasseur, forcer coûte que coûte sa proie, anéantit totalement ses derniers scrupules. Il demeurait des heures sans parler, sans bouger, maussade, pâle, en face de Francine, fixant tout le temps de son regard lourd la porte de Gabri, obstinément close. Une rancune sauvage envers Francine naissait en lui. Cette femme… devrait-il donc lui sacrifier toute sa vie, tout son bonheur ? Il lui disait des choses méchantes, blessantes, et elle aussi s'exaspérait, lui jetait au visage ces mots qui mettent l'homme en fureur comme des coups de fouet : « Tu n'as pas le droit, pas le droit de me quitter. » Et c'étaient des scènes, des injures échangées à voix basse pour ne pas attirer l'attention du domestique dans la pièce voisine. Parfois, tandis que Francine sanglotait, Charles se levait tout doucement, s'approchait, le cœur battant, de la porte close. Il la regardait avec supplication, avec colère ; il murmurait tout bas : « Gabri ! Gabri ! » comme si elle eût pu l'entendre. Elle ne l'entendait pas, mais elle le devinait. Seulement elle ne venait pas. Elle ne venait pas. Elle était la plus forte. C'était fini. Alors, il retournait vers l'autre qui pleurait toujours. Il s'asseyait à côté d'elle, il lui prenait la main sans parler.

Un égoïsme puéril lui faisait rechercher la caresse de cette femme qui du moins l'aimait, lui était dévouée. Il oubliait l'abominable rôle qu'il jouait ; il se blottissait contre elle, avec un sentiment de détresse, de misère si profond, si désespéré, qu'il eût consenti à n'importe quelle lâcheté pour une seule parole de douceur. Les larmes qu'elle versait pour lui commençaient à l'émouvoir ; une reconnaissance vague l'envahissait, mêlée à un obscur désir de vengeance envers Gabri. Et Francine, le voyant soudainement si doux, si tendre, se disait : « Il m'aime encore. » Elle l'embrassait et il acceptait ses baisers.

Mais un soir, comme Francine avertissait Gabri que Charles allait venir et que Gabri, là-dessus, gagnait la porte, sa mère l'arrêta d'un geste :

— Gabri, pourquoi ne restes-tu jamais avec nous, le soir ?

Comme Gabri, sans répondre, pâlissait un peu, Francine dit :

— Ma chérie, j'ai deviné, va ! Tu es jalouse… Oh ! ne te défends pas, tu es jalouse parce que tu t'imagines que je l'aime plus que toi. C'est ça, n'est-ce pas, petite sotte ? Mais je t'affirme, je te jure que ce sont des sentiments qui ne se comparent pas. Tu ne seras plus jalouse, tu me le promets ?

— Non… je… je ne serai plus jalouse, balbutia Gabri.

— Alors, reste avec nous.

— Non, je t'en prie, ça m'est pénible.

— Mais, pourquoi ? s'étonna naïvement Francine.

Et elle ajouta avec reproche :

— C'est mal, Gabri, et moi qui croyais que nous étions amies... Je t'en supplie, reste avec nous. Quand nous sommes seuls, immédiatement nous nous querellons. Lorsque tu es là, on parle de choses indifférentes, ça supprime tous les heurts, tu comprends ? Je sens bien que, si nous continuons à nous disputer sans cesse, Charles ne viendra plus, il se lassera. Et je voudrais tant qu'il continue à venir ici. À son âge, l'homme a besoin d'un semblant de foyer. Je... j'ai tellement peur qu'il se marie. Oh, si cela arrivait, je crois que je mourrais.

Et Gabri, comme Charles, céda avec la confuse impression qu'une fatalité obscure les unissait.

Bragance, dont les affaires étaient, à cette époque, passablement embrouillées, n'était presque jamais à Paris. Charles redevint l'hôte assidu de Francine. Tous les soirs il montait dîner chez elle et, après le dîner, il s'asseyait dans le petit salon de Francine, entre elle et Gabri. Et, malgré tout, elles étaient d'une douceur étrange, ces soirées-là. Par les fenêtres grandes ouvertes entraient une odeur d'arbres fraîchement arrosés, le bruit lointain des voitures, les voix calmes des concierges prenant le frais sur le pas des portes, comme en province. Il faisait chaud ; un alanguissement qui n'était pas sans charme s'emparait d'eux trois. Charles se rapprochait insensiblement de Gabri. C'était une sensation extraordinairement douce, à la fois voluptueuse et chaste, que cette chaleur du corps de Charles près du sien, ce silence, cette immobilité, ce cœur qu'elle entendait battre plus vite dans l'ombre. Et Francine, heureuse, apaisée, se félicitait de cette tranquillité enfin obtenue.

Quand elle remontait chez elle, Gabri prenait son front dans ses mains.

— Qu'est-ce que je fais? Qu'est-ce que je fais? gémissait-elle à voix haute.

Ce qui la tourmentait, c'était la confiance aveugle que lui témoignait sa mère. Pourtant Francine ne manquait pas de ce flair féminin qui dépiste les rivales aussi sûrement qu'un bon chien de chasse les perdrix. Mais il était clair qu'elle jugeait Gabri aussi incapable de lui prendre Charles que de tuer ou de voler, et cette foi absolue en son honnêteté était pour Gabri le pire des remords, le plus humiliant des châtiments. Elle se consolait en se disant qu'après tout ni Charles ni elle ne faisaient rien de mal. C'était vrai. Ils ne s'embrassaient plus, ils n'échangeaient pas deux paroles quand Francine n'était pas là, mais tout cet inexprimé qu'il y avait entre eux était déjà la plus complète des trahisons.

4

À l'époque des grandes chaleurs, les Bragance quittaient
Paris depuis le samedi soir jusqu'au lundi matin. Ils parcou-
raient la Bretagne, la Normandie, la Touraine : ils brûlaient
les routes pendant le jour, ils couchaient la nuit dans de
petits villages paisibles. Jusque-là, jamais Gabri n'avait
accompagné ses parents, mais cet été-ci elle fut, naturellement, de toutes les promenades. Ils étaient délicieux, ces
courts voyages. À Paris on étouffait, la ville fumait comme
une étuve, une espèce de sirocco grillait les marronniers.
Mais, dès que les portes de Paris étaient dépassées, on apercevait de vrais arbres verts, pleins d'ombre et d'oiseaux, des
rivières limpides et froides. On allait plus vite, toujours
plus vite ; le vent sifflait, la route s'étendait droite, longue et
blanche, comme tracée à la craie entre deux masses vertes ;
la rapidité folle de la course et l'atroce chaleur rôtissaient la
peau ; la poussière craquait sous les dents ; le bruit monotone et rythmé du moteur bourdonnait aux oreilles. Et puis
le soir venait, l'air, d'une fraîcheur délicieuse, se remplissait
de parfums qui traînaient venus d'on ne savait où ; des

champs de roses, parfois, semblaient traverser la nuit. Dans les villages, les chiens réveillés criaient à chaque maison. On ne pensait à rien, on était ivre de fatigue et de grand air. Un jour, ils arrivèrent vers la fin de l'après-midi sur la côte de Grâce. En face de l'estuaire s'élevait une maison blanche, moitié ferme, moitié hôtel. Il y avait tellement de monde, ce samedi-là, que l'hôtesse put réserver à grand-peine une chambre au premier pour Francine et son mari, et deux petites mansardes voisines au second pour Charles et Gabri. Le soir était d'une pureté merveilleuse. Le Havre brillait dans l'ombre violette de l'estuaire ; des bouées dansaient, rouges et vertes, comme des feux follets sur l'eau.

Après le dîner, ils descendirent jusqu'à la place du Calvaire ; c'était jour de foire ; il y avait des baraques dressées autour de l'église ; l'air était plein de clameurs vagues, discordantes, où se mêlaient la voix stridente du Guignol, un baryton enrhumé qui vocalisait une romance, l'appel monotone et rauque de la diseuse de bonne aventure, les rugissements des fauves dans le cirque et le crincrin incessant d'un bal de village.

À dix heures, chacun remonta chez soi.

Gabri, au petit matin, dormait encore, quand elle entendit derrière la porte qui séparait sa chambre de celle de Charles un grattement léger et une voix hésitante :

— Gabri, tu dors ?

— Quelle heure est-il ? demanda-t-elle en se réveillant en sursaut.

— Je ne sais pas. Très tôt. Habille-toi. Nous irons faire un tour dehors avant le déjeuner.

— Oui, répondit machinalement Gabri.

Mais comme elle jetait les yeux sur sa montre, elle s'exclama :

— Quatre heures… Tu n'es pas fou !

— Qu'est-ce que ça fait ?

Gabri s'étira longuement avec un rire muet ; elle entendait toujours le souffle précipité de Charles derrière la porte close.

— Tu te décides ?

— Oui… Attends…

Elle sauta à bas du lit, s'habilla, fit une toilette sommaire en éclaboussant le sol autour d'elle ; puis elle cria dès qu'elle eut enfilé sa robe :

— Tu peux entrer, Charles.

Elle tira le verrou. Charles, pâle, les yeux baissés, entra lentement. Il demanda d'un air gêné, bizarre :

— Tu as bien dormi ?

— Oui, et toi ?

— Moi, dit-il, je n'ai pas dormi. Je t'entendais respirer. J'avais envie d'enfoncer la porte, de me jeter sur toi. Je ne sais pas pourquoi je ne l'ai pas fait. Non, je ne sais pas.

Il ne bougeait pas pourtant ; il eut un bref sanglot vite réprimé. Il murmura d'une voix étranglée :

— Je t'aime tant, Gabri, tant.

Elle se mit à parler vite ; elle reculait involontairement devant ses mains tendues :

— Voyons, voyons, Charles. C'est mal, il ne faut pas. Tu sais bien que c'est mal. Laisse-moi, je ne veux pas, je ne peux pas, Charles.

Tandis qu'elle parlait, Gabri se souvenait de Génia. Dans les yeux de Charles, elle retrouvait le même regard pesant ; seulement, cette fois-ci, elle n'avait pas la force de se défendre ; une torpeur douce et terrible liait ses membres.

Il l'embrassa seulement ce matin-là ; mais elle sentit avec épouvante que jamais elle ne pourrait se refuser. Quand il l'embrassait, il lui semblait que toute la vie, tout le sens de la vie était en ces lèvres qui la buvaient.

Longtemps ils demeurèrent enlacés, debout devant la fenêtre. La campagne était toute transie de sommeil, comme figée dans le petit jour vacillant, couleur de perle. Dans les arbres les oiseaux se taisaient encore. Seuls les sifflets des bateaux sur l'estuaire troublaient ce silence étrange, triste et doux du matin.

Pourtant cette défaite fut suivie, en Gabri, d'un brusque sursaut d'énergie. Dès qu'elle fut rentrée à Paris, elle déclara qu'elle voulait aller comme tous les ans à Plombières, avec Mlle Boyer qui l'accompagnait l'été depuis que miss Allan était partie.

Elle s'arrangea pour ne pas revoir Charles jusqu'à la minute du départ. Mais, sur le quai de la gare, il lui dit, avec un petit sourire méchant et obstiné :

— À bientôt.

Le mois d'août se traîna interminable dans la petite ville endormie entre les montagnes. Gabri passait ses journées sur la chaise longue, un livre dans ses mains, qu'elle ne lisait pas ; le souvenir de Charles, le regret, l'ennui lui dévoraient le cœur. Il était à Biarritz avec Francine, et, malgré elle, une jalousie sauvage la torturait. Elle ne répondait pas aux lettres de Francine, elle se reprochait son honnêteté comme une sottise, elle se sentait sans courage, brisée, et lâche comme une esclave.

Un jour il arriva.

Gabri revenait d'une promenade dans la montagne avec Mlle Boyer. La matinée avait été lourde, orageuse ; des mouches piquaient les joues et les bras de Gabri. Elle marchait le long de la route, accablée, tête basse, comme une prisonnière dans la cour de sa geôle. Tout à coup, elle aperçut le chasseur de l'hôtel qui courait vers elle :

— Mademoiselle, cria-t-il du plus loin qu'il la vit, il y a un monsieur qui vous attend.

Elle courut, le cœur battant, jusqu'à sa chambre. Charles était debout sur l'étroit balcon. Il se retourna et lui prit les mains.

— Je t'avais bien promis que je viendrais, dit-il, quoi-qu'il n'eût jamais rien prononcé de pareil.

Elle répondit :

— Je savais bien que tu viendrais ! — quoique l'idée ne lui en fût auparavant jamais venue.

Il reprit :

— Je viens te chercher.

Comme elle faisait un mouvement, il répéta, et ses yeux de velours et de feu la fascinaient :

— Je viens te chercher. Nous partirons tout de suite... tout de suite... Ce soir. C'est ta mère qui m'envoie, ajouta-t-il après un silence.

Elle le regarda ; elle comprit l'obscur travail accompli

sans doute depuis un mois par Charles, pour obtenir de Francine qu'elle le chargeât de ramener Gabri à Biarritz, et cette intuition, au lieu de la troubler, lui emplit l'âme d'une joie mauvaise.

Comme il murmurait tout tremblant :

— Tu veux bien, dis ? tu veux bien ?

Elle répondit :

— Tout ce que tu voudras.

Un éclair rapide brilla dans ses yeux :

— Nous partirons tout de suite après le déjeuner. Nous serons à Paris ce soir. J'ai retenu des places pour l'express de dix heures.

— Mlle Boyer vient avec nous ?

— Jusqu'à Paris seulement. Après, n'est-ce pas ? c'est inutile.

Elle murmura sourdement en écho :

— C'est inutile.

Et puis elle dit de nouveau, comme si elle se donnait :

— Tout ce que tu voudras, tu entends ?

Ils partirent pour Paris, le jour même, avec Mlle Boyer, ahurie par ce départ précipité. La femme de chambre devait les rejoindre à Biarritz avec les malles. Ils arrivèrent à Paris vers six heures. Gabri dut retenir Mlle Boyer à dîner ; l'appartement vide, avec ses meubles recouverts de housses, ses lustres empaquetés de gaze, était lugubre. La vieille fille parlait intarissablement. Gabri se taisait ; Charles, nerveux, préoccupé, mordait d'un air absent sa cigarette éteinte. Dès que Mlle Boyer les eut quittés, Charles fit appeler un taxi. Ils étaient en avance, pourtant, mais ils semblaient craindre de rester seuls. Dans l'auto, ils ne se regardèrent même pas, gênés comme des complices. Ils débarquèrent à la gare du Quai d'Orsay, pleine de monde et de vacarme.

Gabri se souvenait du matin pluvieux où, sur un quai pareil, elle avait attendu, avec sa mère, le père et le cousin qui revenaient de Pologne. Elle se rappelait le sentiment d'irritation et de malaise que lui avaient causé les yeux noirs au regard pesant, appuyés un instant sur elle, et tout de suite tournés vers la blonde figure fardée de Francine. Combien de fois il l'avait fait pleurer… Et maintenant elle l'aimait, cet ennemi de toute son enfance.

Il l'avait installée dans le coupé avec des journaux illustrés et des bonbons, et il était parti acheter des cigarettes ; un moment elle eut l'absurde désir qu'il ne revînt pas ; mais, un peu avant le départ du train, il sauta sur le marchepied ; on entendit battre les portières, et la voix de l'employé qui criait :

— En voiture, en voiture !

Gabri vit diminuer, puis disparaître les lumières de la gare ; ils s'enfoncèrent dans d'opaques ténèbres.

Elle voyait Charles debout, dans le couloir, ses deux mains crispées sur la barre d'appui de la fenêtre. Un employé vint arranger les couchettes dans leur compartiment ; il dit, en touchant sa casquette :

— Si madame désire se reposer… Les lits sont faits.

Gabri le remercia machinalement et, dès qu'elle fut seule, elle se déshabilla à la hâte et se glissa entre les draps.

Elle tremblait de froid et d'un émoi bizarre. Elle s'attendait à voir apparaître Charles aussitôt, mais il tardait. Elle resta seule très longtemps et, quand il revint, ce fut avec d'infinies précautions, comme s'il craignait de la réveiller. Elle l'observait sous ses paupières baissées. Il s'arrêta, la regarda ; une expression de pitié, d'attendrissement passa sur ses traits ; il se détourna, et elle comprit qu'il l'épargnerait.

Alors — et cela plus tard la tortura plus que le reste — alors ce fut elle qui appela à voix basse :

— Charles !

Surpris, il se tourna brusquement vers elle :

— Tu ne dors pas ?

— Pas encore. Baisse un peu l'abat-jour, je te prie.

Il obéit et rabattit des deux côtés de la lampe le globe d'étoffe bleue. Il s'agenouilla, posa son front sur le drap et resta longtemps ainsi sans parler ; elle comprit que la tendresse abolissait en lui pour un temps le désir, et qu'il pourrait passer la nuit, là, à ses pieds, sans même l'effleurer d'un baiser. Ce fut elle, alors, qui lui jeta autour du cou ses deux bras nus.

Il dit tout tremblant :

— Oh, Gabri, Gabri, prends garde ! Je ne suis qu'un pauvre homme !

Elle ne répondait rien ; elle secouait la tête ; l'expression de sensualité sauvage qui crispait ses traits l'effraya ; comme un éclair le souvenir le traversa du visage de Francine, terriblement pareil aux heures d'amour.

Elle murmura :

— Trop tard, maintenant, va ! Je suis à toi comme le fruit

que tu manges. Tout ce que tu voudras, tu entends ? Tout ce que tu voudras... Seulement qu'Elle ne sache rien, jamais... Jure-moi que par toi elle ne saura rien. Jure-le-moi sur ma vie... Attends... Le mariage, la franchise, une libre vie honnête, tout ça ce n'est pas pour nous. Attends encore. Si jamais elle sait, je te jure, aussi vrai que je vais devenir ta maîtresse, je te jure que je me tue.

— Gabri, cesse ! supplia Charles. Tu me fais peur.

Elle se tut ; ses yeux se fermèrent doucement ; elle dit avec un faible sourire :

— N'aie pas peur... Je t'aime...

Un peu plus tard, tandis que couché auprès d'elle il s'endormait, elle répéta encore une fois comme en proie à un rêve obsédant :

— Jure-moi qu'Elle ne saura rien.

Il jura.

Au matin ils arrivèrent à Biarritz. Sur le quai, Francine et Bragance les attendaient. Francine, vêtue de blanc, tenait derrière sa tête une grande ombrelle rouge qu'elle faisait virer d'un mouvement brusque, et sur ses joues, son cou nu couraient de mobiles reflets et de fugitives ombres roses ; de loin, elle paraissait ravissante ; de près, l'impitoyable soleil accusait davantage les flétrissures de sa chair. Elle s'écria :

— À la bonne heure... Je savais bien qu'il te ramènerait...

Ils montèrent en voiture. Le landau de louage avec un bruit vif de sonnailles les mena à travers la ville ; Gabri clignait des yeux, éblouie, devant les maisons d'un blanc cru, comme des carrés de linge fraîchement lavés ; les cafés étaient pleins de monde ; des fenêtres entrouvertes s'échappaient des airs de danse.

Les parents de Gabri habitaient l'hôtel du Palais ; de sa chambre, la jeune fille apercevait les terrasses sablées de rouge, le jardin découvert balayé par le vent, les tamaris aux longues branches fines comme une chevelure, et, plus loin, l'Océan magique, plein d'ombres et de reflets, de parfums salins et de chants rudes.

5

Pendant trois semaines Gabri vécut cette existence affairée, luxueuse et fiévreuse qu'elle ne connaissait pas, qui embrume l'esprit comme une ivresse sans fin. Tout paraissait si simple, si léger parmi cette foule de marionnettes qui dansaient et faisaient l'amour avec une désarmante inconscience ; le rythme endiablé de cette musique nègre, qui vibrait éternellement sous le ciel trop bleu, transformait le cerveau en une espèce de grelot vide et sonore ; les journées s'écoulaient rapides, sans plus laisser de traces que l'eau qui fuit entre les doigts.

Cet aveuglement faisait paraître normales et simples jusqu'aux plus viles trahisons, jusqu'aux pires infamies. À présent, Gabri mentait et trompait sans trouble. Le soir, tandis que Bragance jouait au Casino, ils demeuraient tous les trois — Francine, Gabri et Charles — blottis dans l'ombre parfumée de la terrasse ; les globes électriques luisaient doucement sur le sable rose ; des femmes alanguies balançaient leurs rocking-chairs avec mollesse comme des hamacs ; les cigarettes piquaient la nuit de leurs pointes de feu ; les fleurs sentaient plus fort.

Dans l'obscurité, Charles prenait la main de Gabri ; il laissait traîner ses lèvres tout le long du poignet, des doigts tremblants. Cependant Francine parlait, et Gabri répondait : « Oui, petite mère », et plus tard, au moment de se séparer pour la nuit, elle embrassait tranquillement cette femme qu'elle volait.

Souvent, elle partait seule avec Charles à cheval, à travers la campagne. Un matin, dans l'ombre légère d'un bois de tamaris, il la prit de nouveau et, désormais, toute sa vie fut bornée à ces instants de volupté presque douloureuse. Un jour, ils déjeunèrent ensemble dans une auberge, dans la montagne ; les chambres étaient fraîches, propres, avec un plancher de bois tiédi par le soleil du jour et doux aux pieds nus ; par la fenêtre étroite on voyait un jardinet planté de tournesols ; un coq chantait. Quand ils s'en allèrent, le crépuscule glissait le long de la montagne.

Ils ne se disaient rien ; d'un commun accord ils semblaient éviter les paroles, les explications, comme les remords et les regrets. Les mots qu'ils auraient pu se dire étaient trop profonds, trop graves, trop chargés d'une signification terrible. Alors ils préféraient se taire, lâches comme tous les heureux, car ils étaient heureux malgré tout, d'un bonheur étrange de déments.

Le 15 septembre, le roi et la reine d'Espagne visitaient Biarritz en grande cérémonie. Ce jour-là, la ville était toute fleurie, pavoisée, éclatante ; des drapeaux claquaient au vent ; les acclamations, les chants, les cris emplissaient l'air.

Le soleil tomba dans la mer, énorme et rouge. Un vent chaud tourmentait les vagues.

Gabri dit à Charles :

— Écoute, cette nuit, je viendrai chez toi… « Elle » va au bal, et père avec elle. Moi, je n'irai pas… je feindrai d'être malade. Quitte le Casino vers deux heures et reviens. Je t'attendrai dans ta chambre.

Ce fut dit entre deux portes, vite et bas. Charles baissa la tête :

— Nous sommes fous.

— Qu'est-ce que ça fait ! dit-elle avec emportement. Tu veux ? Non ?

— Oui, répondit-il : à deux heures.

— Chez toi ?

— Chez moi.

Le soir, Gabri remonta dans sa chambre vers onze heures et se coucha. Lorsque Francine, en toilette de bal, le royal manteau de zibeline traînant derrière elle, vint la chercher pour aller au Casino, elle s'exclama :

— Tu ne viens pas avec nous ? Pourquoi ? Qu'est-ce qui te prend ?

— Je suis souffrante, petite mère.

— Gabri, voyons, secoue-toi, fais un effort. À ton âge, j'aurais été à l'article de la mort, je me serais levée pour aller danser… Ce sera merveilleux, ce soir, au Casino.

En effet, il y avait cette nuit-là un grand bal en l'honneur du roi et de la reine, et Gabri comptait justement là-dessus pour décider sa mère à aller au Casino sans elle. Elle n'eut pas de peine à le faire. Francine n'était pas encore

155

changée au point de renoncer à une fête pour une indisposition de sa fille. Elle se répandit en paroles apitoyées, posa une main parfumée sur le front chaud de Gabri, dit en l'embrassant :

— Soigne-toi bien, ma pauvre petite, et appelle la femme de chambre si tu as besoin de quelque chose.

Et elle sortit dans un scintillement de bijoux, un froissement de soie remuée, en oubliant de refermer la porte.

Dès qu'elle fut partie, Gabrielle s'assoupit. Depuis trois semaines, c'était la première fois qu'elle se couchait si tôt, et une détente délicieuse envahissait ses membres las. Mais, dès qu'elle fut endormie, des images confuses, troubles, pleines de fièvre, vinrent la hanter.

Vers deux heures, comme poussée tout à coup par une main invisible, elle ouvrit les yeux et sauta à terre ; comme cela arrive souvent quand on est réveillé ainsi au milieu de la nuit, elle se sentait faible, amollie, brisée, avec une envie de pleurer sans cause. Elle fit quelques pas en trébuchant et porta les mains à ses tempes, qui battaient chaudes et douloureuses.

— J'ai mal, murmura-t-elle tout haut d'une pauvre petite voix plaintive, lamentable ; si mal.

Toute l'allégresse impure, qui avait soulevé sa chair pendant ces trois dernières semaines, tombait brusquement comme une fièvre. Elle s'approcha de la glace, s'étonna vaguement de se voir si pâle, passa un manteau sur son vêtement de nuit et, pieds nus, se glissa, le long du corridor faiblement éclairé, jusqu'à la chambre de Charles. La clef était sur la porte, la pièce vide. Sans allumer l'électricité, Gabri marcha droit vers la fenêtre ouverte, écarta les rideaux, monta sur le petit balcon étroit. Là, debout, serrée dans l'angle du mur, elle demeura immobile, regardant droit devant elle, les yeux fixes.

La nuit était très chaude, orageuse ; l'air de la mer lui-même était tout chargé d'arômes vagues et lourds ; de la plage montait une rumeur confuse de pas, de voix, de rires. On tirait, ce soir-là, pour le peuple, un feu d'artifice sur la mer. Gabri les avait vus s'installer sur le sable dès la fin de l'après-midi ; des bourgeois de Bayonne et d'Irún, des matelots, des servantes et des pâtres basques venus de la montagne avec leurs bérets bleus et leurs grands bâtons. À présent, ils formaient une multitude obscure, une masse qui grouillait dans la nuit et qu'illuminait brusquement une clarté livide, surnaturelle comme le blême éclair d'un jour d'orage ; des fusées crépitaient, jaillissaient vers le ciel noir et s'écroulaient comme des jets d'eau brisés. La foule oscillait et un grand « â-â-â » prolongé, de stupéfaction et d'admiration montait dans la nuit ; les rochers, le jardin apparaissaient d'un noir d'encre, dessinés avec une précision extraordinaire comme une eau-forte puis tout s'éteignait, et on entendait dans le silence subit les vagues qui roulaient avec un bruit monotone, triste et sourd.

Une détresse sans nom accablait Gabri ; pour la première fois depuis si longtemps, le tourbillon fou qui l'avait étourdie cessait, se taisait, et il lui semblait que, dans son âme, une nuit et un silence infinis s'étendaient comme une paix lourde de cimetière. Elle tordait ses mains avec une désolation immense. Et, cependant, elle était toujours là, sans force pour s'en aller, le cœur serré, les yeux pleins de larmes.

Dehors, le feu d'artifice terminé, la foule s'écoulait lentement ; dans la nuit redevenue silencieuse, obscure, la mer respirait comme une poitrine. Tout à coup Gabri fit un mouvement, étouffant des deux mains le cri qui jaillissait de sa gorge. La porte de la chambre s'était ouverte et l'électricité, brusquement allumée, éclairait la silhouette de Francine debout sur le seuil.

Gabri, à demi écrasée, tapie contre la muraille, demeurait immobile, glacée d'épouvante. Sa mère !... Que venait-elle faire là ? Mais passer la nuit avec Charles tout simplement, comme elle avait voulu le faire elle-même... Car Charles allait venir... Elle ne pouvait pas s'enfuir. Elle était prise sur ce balcon comme dans une souricière. Francine, debout au milieu de la pièce, leva la tête. Gabri vit en pleine lumière, comme si elle le voyait pour la première fois, le visage ravagé, flétri ; toutes ces meurtrissures, toutes ces rides semblaient lui crier : « Parricide, parricide... »

Francine fit un pas. Gabri, affolée, crut qu'elle allait vers le balcon. Machinalement, elle se rejeta en arrière et trébucha contre la balustrade basse. La nuit était là, aveugle, opaque, silencieuse et attirante comme un gouffre. Un instant, il y eut, penché sur la rampe, les bras pendants au-dehors comme ceux d'une poupée cassée, un blême petit fantôme inerte.

Puis elle sauta et disparut ; la nuit l'avait happée.

Quand on ramassa Gabri, elle ne respirait plus. On monta le cadavre dans sa chambre et, comme le jour où Michette était morte, on chercha partout Francine. Un domestique l'avait vue entrer chez Charles. Ce fut là qu'on vint la chercher. Elle avait entendu un bruit de chute, mais sans comprendre... Comme le jour où elle avait perdu Michette, elle cria :

— Ce n'est pas vrai... ce n'est pas vrai !

Gabri était là pourtant, couchée sur le lit ; on avait dissimulé à la hâte l'affreuse blessure de son front sous un mouchoir noué. Elle ne bougeait plus, elle ne respirait plus. Autour de ses lèvres fermées, il y avait un pli singulier, comme un sourire léger, plein d'amertume et de la froide sagesse des morts... Et agenouillée la femme en robe de bal hurlait et battait son front contre le bois du lit.

— Ma fille, mon Dieu, mon Dieu, ma fille !

Puis avec une immense stupeur :

— Seigneur, Seigneur, pourquoi me frappez-vous ainsi ?

Composition IGS-CP à L'Isle-d'Espagnac (16)
Impression   *Grafica Veneta S.p.A.*
à Trebaseleghe (Pd).
Dépôt légal : avril 2019

ISBN : 978-2-207-14388-9/Imprimé en Italie

343629